U0544910
家犬
長青長白◆著
下
TRAINED DOG

家犬
CINTENTS

TRAINED DOG

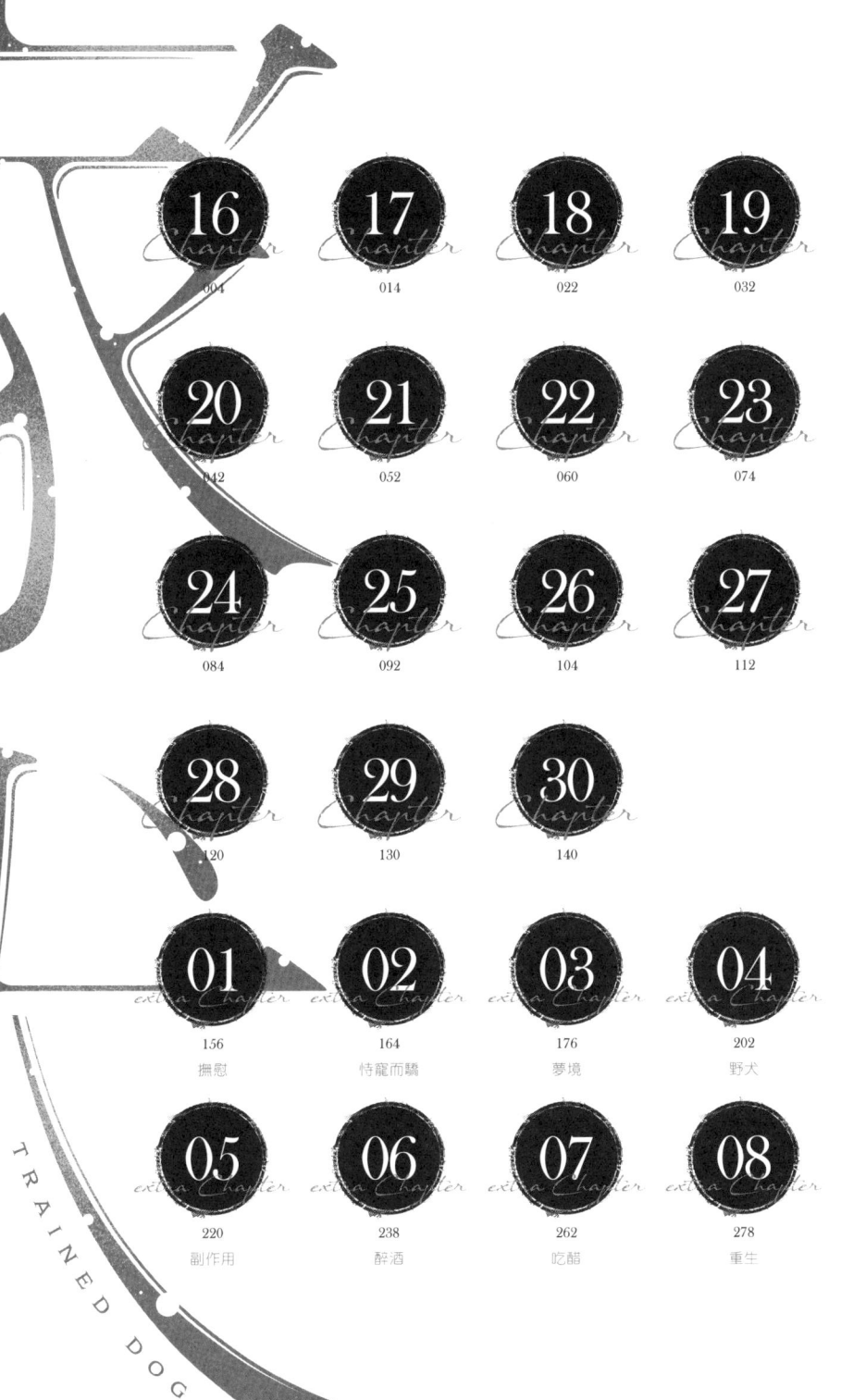

Chapter 16

奧德莉泌乳一事並不尋常，醫者前來診察，卻也沒診治出個結果。既未懷孕，日常吃食也不含任何催乳藥物，並且觀她氣血面色，身體甚至較以前健康了不少。

寡婦泌乳這種事傳出去並不好聽，是以奧德莉問得隱諱，醫者也回得謹慎，只再三囑託她要注意休息，不可勞心傷神。

說這話時，眼神還往安格斯身上瞟了幾眼。

之後又過了幾日，奧德莉脹奶的情況不僅未見好轉，反倒越發嚴重。奶水豐盈不止，每兩、三個小時便得紓解一次。

她腰身纖細，更顯得胸前豐腴，如孕後的婦人，先前的衣裙都穿不下了，只得又重做了幾套。

奧德莉總覺自己泌乳與安格斯有關，但一問他，他也只是頂著張面無表情的臉說不知道，既不否認，也不承認。

但觀他食髓知味的模樣，顯然樂在其中。

夜裡奧德莉睡得迷迷糊糊，時常能感覺到他在含弄自己的乳尖。

有時隔著衣裙，有時腦袋鑽進衣下亂拱，早晨醒來乳尖又紅又豔，乳暈都好似大了一圈。

脹奶不是輕鬆事，麻煩又受罪，安格斯下口不知輕重，常咬得她胸前紅腫不堪，軟白乳肉上一圈深淺牙印。

奧德莉白日不得安穩，夜裡又被他鬧得睡不沉，她心裡憋著火，安格斯自然也討不到好。

午後，秋雨綿密，天地間青煙捲繞濃雲，滿目灰濛，如同一方盛了清水的天青硯臺。

細雨敲在屋頂，掩去了房裡曖昧壓低的喘息聲。

奧德莉靠坐在木椅中，衣襟凌亂，胸前兩團飽滿白膩的乳肉裸露在泛涼的空氣裡。

一顆黑壓壓的腦袋埋在其中，將乳尖含在滾燙的唇舌間，吸吮得嘖嘖作響。

安格斯單膝跪在她腳邊，右手緊緊摟著她的腰，他面骨瘦而凌厲，鼻梁壓進軟肉，抵得她胸前隱痛。

寬厚舌頭卷覆上朱紅的果實，喉結一滾又咽下一口清甜的乳汁。

他口中只含得住一個，粗糙手掌托著另一團白膩的軟肉揉弄，沉甸甸擠壓在他掌心，無需使力，乳肉便似要從五指縫隙裡滿溢出來。

頂上乳尖軟腫紅靡，濕淋淋泛著光，顯然已經被男人玩弄過一回。

秋雨的季節，奧德莉卻額頭汗濕，藍色雙眸都好似盛有水霧，紅唇微微張開，吐出一聲又一聲黏膩的喘息。

自晨時起來，今日已是第三次了，他一吃到嘴裡便是半個小時，奧德莉一本帳冊來回看了半日還沒看完，胸前的衣襟更是沒怎麼合上過。

青霄白日，年輕美貌的夫人和管家在書房裡做這種事，饒是誰也猜想不到。

兩人側對大開的窗戶，奧德莉從他身上抬起視線，轉頭看向外面沉暗的天際，連目光都未落到實處，就被他重重一吮強行拉回了神思。

「嘶——」如今那處敏感又脆弱，哪禁得起他用力吸。奧德莉蹙緊眉，搭在他腦後的手微一用力，手背上掌骨凸起，五指抓住他的頭髮拽了一把，低聲斥道，「吸這麼重做什麼，沒別處供你使力嗎？」

只是聲音沒什麼力氣，反倒欲色深濃。

被罵的安格斯也不見生氣，手臂一收，反倒將她摟進了些。

他聽話地收了牙，沒再用力，只抿住軟嫩紅腫的乳尖仔細嘬吸，直到確定再沒有一滴乳水才將其吐出。

紅熟櫻桃溼漉漉地暴露在空氣裡，他又咬住另一個被冷落已久的櫻桃，緩慢吸了一口，隨後舔乾淨嘴唇，抬頭看著奧德莉道：「空了……」

語氣聽起來還有些遺憾，像是沒吃飽。

兩側雪色軟乳如今又紅又濕，上側下方，無一處沒被他含弄過，奧德莉搭著眼睫瞥了他一眼，沒理他，只抬手欲將衣襟合攏些。

「小姐……」安格斯抓住她細瘦的手腕，奧德莉手一鬆，拉高一半的衣領又被乳肉壓了下去。

他下一句還未出口，奧德莉便毫不猶豫地拒絕他道：「不行。」

他想要什麼再明顯不過，貼著她小腿的東西已經硬得不像樣，頂端溢出的前液連褲子都弄濕了，黏糊糊地抵在她腿上蹭。

她這些日只叫安格斯替自己紓解，別的地方一概不讓他碰，他聞著肉湯素了五六日，此時看她的眼神像是餓犬盯著帶血的肉。

但未得允許，不敢放肆。

可終究是餓得狠了，他喉結滾動，又叫了她一聲：「小姐……」好似多叫兩聲，就能叫得奧德莉心軟。

但這次不等奧德莉回答，他便低頭含住一大口乳肉，另一隻手鬆開她的腰，扯開褲腰貼著勁瘦腹肌鑽進去，一把握住了自己的肉莖。

口中像吃進了一口捨不得咬的肥肉，只能含弄著吞吐解渴。

雪膩的乳在他口中吞進又吐出，香甜溫軟，細嫩滑膩，浸著濃烈惑人的奶香。

別樣快感自乳珠散開，奧德莉稍挺胸低吸了一口氣，難得沒推開他。

細指扣在他腦後，輕柔撥弄纏繞的黑色布帶，奧德莉垂目看著他難受掙扎的模樣，拿過桌上燒了大半的蠟燭放在眼前，「給你半支蠟燭的時間。」

安格斯抬頭看了一眼僅剩半指長的白燭，頓住，又迎上她落在自己臉上的視線，沉默了半秒道：「能換一隻嗎，主人。」

奧德莉眉尾稍動，似笑非笑看著他，取了一直燒得更短的過來。

安格斯眨了下眼，不吭聲了，抬手攏住兩團肥軟的軟肉，將它們擠成一團。

乳上薄汗津津，滑膩得快握不住。

中間攏出一道深軟的乳溝，兩顆熟透的紅腫莓果貼合擠壓，像磨破的果肉，從豔紅的乳孔溢出幾許白濃的乳汁。

安格斯呼吸沉重，低頭將兩顆乳尖一併含進口中，大口吞吐吮吸起來。

他腹下緊繃，兩側斜長的肌肉深溝起伏不定，濕亮水液潤滑了粗糙的手掌，紅粉粗碩的肉菇頂開收攏成圈的虎口，顫動一下，腰微微縮動又隱沒於掌中。

但嘗過更加柔嫩緊緻地方的男人哪能得到滿足，他只能想像著夾弄性器的是手中濕滑的乳肉，才能得到一絲渴求的慰藉。

奧德莉昂著頭，手搭在他後頸撫弄那顆堅硬的脊骨，喘息聲融進綿綿細雨，氣息滾燙，像湧出窗外的一縷風。

兩人未發現，在窗戶相對的另一棟高樓房間裡，一人正舉著一隻單目望遠鏡，站在開了一條縫隙的窗戶後，隔著漫天厚重雨幕窺視著這場持續了半個小時之久的情事。

更準確地說，他是在看被安格斯含弄胸乳的奧德莉。

雨幕重重，望遠鏡下，椅子上女人的身影如被水打濕的油畫。但細觀之下，仍可見其衣衫不整，姿態高貴又放浪如妓。

雨天薄霧迷離，將她身影勾勒得愈發神祕曼妙，胸前那雪白膚色直直穿透細雨印入少年眼底，兩團乳肉隨著男人的動作如波搖晃，晃得少年眼熱。

諾亞透過鏡片看著安格斯的動作，紅著臉咽了口唾沫，像是自己將那誘人的乳肉吃進了嘴裡。

平時藏在衣裙下的身軀竟然這般豐腴，如果他沒看錯，那飽滿的胸乳裡好像流出了奶水。明明是個寡婦，卻比他見過的所有女人都要風情萬種……

他忍不住將眼前窗戶縫隙推得更開，細雨飄進窗戶，吹打在他臉上，他好似沒發覺。

清瘦白皙的少年將手伸進褲子裡，掏出胯下脹痛的東西，抿緊唇熟練又迅速地套弄著，口中喘息渾濁，隨著安格斯吞含乳肉的動作搓動著自己粉嫩的性器。

「嗯……夫人……安德莉亞夫人……」

他能看見安格斯自瀆的動作，和他此刻一樣像個欲求不滿的男妓。夫人沒有和他做，是不是說明她不是很喜歡那個陰鬱的管家……

如果那兩團乳肉在他嘴裡，他一定能讓她更舒服，或許會張開腿讓他侍奉她，用那女人身上最柔軟濕潤的地方吞吃他的肉棒……

想像的同時，少年手中動作越發迅疾，他弓起腰，口中發出一聲急促拉長的喘叫，像個女人一般顫抖著腰身，菇頭濕紅的肉縫歙張著，將濁白的液體盡數射在了冰冷的牆面上。

他撿起掉落的望遠鏡，望向仍貼在一起的兩人，揉弄了一下微軟的性器，咬了咬唇，又開始了新一輪的撫慰……

時間走得不緊不慢，城內秋意漸濃，平靜的海瑟城下亦是暗潮湧動。

即便是安居的民眾，也察覺出一絲不尋常來。

街頭巷尾、四通八達之要處多了不少生面孔，城中守衛亦是肉眼可見地增多。守備增強，集市街道也隨之蕭條幾分，小販吆喝的聲量都不自覺降了下來。

對舊貴族的討伐是一場暗處的戰爭，自古以來，無論奪權抑或殺敵，只要是戰爭，就必然會流血。

政權更迭，滾沸的水自不可一世的舊貴頭頂澆下，如今大多已伏地歸順，翻不起風浪。

但困獸猶鬥，其中總有人負隅頑抗，試圖挑戰強權。

艾伯納在一個涼風不絕的長夜送來一份名單。

他腳步匆急，面上掛著張揚不羈的笑，卻眉目冰寒，一片冷冽殺伐之氣。

他將一張捲成手指粗細的圓筒狀牛皮紙交給奧德莉，又在她桌上放了一柄形狀古怪的長刀。

刀刃如蛇形彎折，呈鋸齒狀，手柄處烙有蛇形家徽，屬於如今勢頭正盛的某家族。

「栽贓嫁禍，借刀殺人，」他笑道，「想必安德莉亞夫人很清楚該怎麼做。」

奧德莉看他一眼，接過了牛皮紙。

艾伯納見此，並未久留，像是要趕赴下一場重要的會面，僅交代了隻字片語，便離開了。

安格斯緊跟在奧德莉身旁，盯著艾伯納一舉一動，不容他靠近。直到對方身形隱入深沉夜色，他才放鬆下來。

奧德莉打開紙張，黃褐色紙面上用朱紅筆墨寫著兩個名字，字跡凌厲，猶如鋒利刀尖刻出的血痕。

名字後附有其基本身分資訊，奧德莉想過城主會下令除去冥頑不靈的禍患，可出乎她意料的是，這兩人不全為舊貴，而是有一名新權。

奧德莉見此，陡然明白城主所求，她並非只要舊貴衰落，而是要絕對的實權。

新舊貴族之間商業往來，財權交錯，舊貴衰落，新貴自然也會受牽連。

照此下去，無需十年，海瑟城裡錢勢無雙的「貴族」便會只剩下一位，那便是高坐寶座的城主。

冷風過窗，排排長燭倒影在牆面，燭影起伏，如浪潮湧動。

安格斯關上窗戶，提起燈罩蓋上長燭，燭影如被順服的貓平靜下來。

「我記得你之前說過，她和你一樣，並非人類。」奧德莉忽然開口道。

「是。」安格斯道。

奧德莉點了下頭，將名單遞給安格斯，抬起下巴示意他拿起桌上艾伯納留下的那把刀，「下手乾淨些。」

她頓了一下，似是想到什麼，微抬起頭看向他，面上一雙眼眸波光流轉，飽含風情。

她笑了笑，猶似蠱惑，輕聲道：「借刀殺人，我記得你學得很好。」

她絲毫未掩飾語氣中的欣賞之意，是她識得他一身野性不屈硬骨，將滿身鮮血的少年從角鬥場撈出來，命人教授一身本領，予他新生。

無論他是否為她所用，在奧德莉眼中，安格斯永遠是世間最鋒利的刀。

過去或是如今，從無例外。

安格斯看著她張揚明豔的面容，極輕地勾了下嘴角，抬起她的手彎腰在食指指環上烙下一吻，嗓音沉沉：「是，主人。」

Chapter 17

滂沱雨夜，長風裹挾著黑雲，嗚咽不止，雨滴落在窗臺，匯成水流順著石牆蜿蜒而下。

諾亞站在一扇窗戶後，看著安格斯從樓中出來，孤身走進雨夜，一襲黑衣兜帽，手持長刀，徑直出了莊園大門。

這已經是這個月諾亞第四次見到他外出，每次出門都是在風雨不休的長夜。

今日薄暮時分，遠方海面上黑雲滾滾，如同不可阻擋的潮汐壓境，逐漸蔓延至整座海瑟城上空，濃雲早早遮掩住天日，醞釀著一場即將到來的風暴。

這是諾亞唯一能預料到安格斯夜裡應該會出門的日子。

更是他等候已久且不可多得的機會。

他並不好奇安格斯有何要事選擇在深夜出門，又或是要做什麼見不得光的勾當，他只在意一件事——

這座電閃雷鳴的莊園裡，有一個年輕又漂亮的女人正獨自待在房中，等待他竭盡所能去服侍她。

她一定很難受……

諾亞目視著安格斯頎長身影融入雨夜，而後完全消失在視野裡，他放下手中望遠鏡，換上了一身輕薄的衣衫，對鏡仔細看了看。

薄紗半透，底下身軀白皙乾淨，如同上好的羊脂玉，胸前兩處紅潤奪目，小巧挺立著，將布料頂得微微凸起。

身形雖是少年，腹前胸膛卻已覆上一層薄薄的肌肉，不似莊園侍從那般堅硬賁張，更像是這副身軀上的精美點綴，惹眼誘人，專供人褻玩觀賞。

他想起安格斯那張總顯病白陰鬱的臉和深邃濃烈的眉眼，想了想，洗去了面上粉潤的脂粉，露出一張素淨的臉龐。

隨後又打開桌上一個精美的盒子，從中挖出一塊淡粉色的膏脂，均勻地塗抹在耳後、手腕處，甚至撩開衣襬抹在了胸前的乳尖上。

粉紅色的櫻果在指腹揉弄下變得越發堅硬，在燭火中泛出一抹柔亮誘人的淫靡色澤。

溫熱體溫催動著，空氣裡逐漸瀰漫開一股淺淡惑人的香氣。

少年的呼吸慢慢變得熱燙，面色泛紅，就連胯下的肉莖也在沒有任何東西的觸碰下緩緩挺立起來。

燭火在夜風裡搖擺不止，光影如蝶翅在他眉目間浮動。

他做完這一切，又在身上套了一件合身的衣服，而後吹熄蠟燭，坐在鏡前看著窗外，安靜地等待著。

不知過了多久，他看見一點碎星般的光亮出現在遠處，一束閃電轟然鋸開漆黑的夜幕，映亮了所見之物。

那是一名提著燭火的女僕，持傘奔跑在大雨之中，步伐焦急，一步未停地向著他居住的樓棟跑來。

諾亞好似知道接下來會發生什麼，眼見女僕的身影越來越近，他將那盒脂膏塞進櫃子裡，閉上眼隔著布料揉撫了下腿間脹痛的性器。

素日窺見的曼妙身軀浮現腦海，他喉中溢出一聲壓抑又興奮的喘息，又克制著鬆開已經硬得不行的性器，稍整衣襬，將視線投向了夜色下莊園正中高聳的那棟建築。

當安娜推開奧德莉的房門請他進去時，諾亞還有種恍若夢境的虛幻感。

這是他第一次進奧德莉的房間……

房門在他身後關閉，諾亞胸中一顫，意識到這間屋子裡只有他和奧德莉兩個人。

他心中亢奮滿溢，不敢亂看，只將視線落在屋中那張木床上。

即使這一切都是他步步謀劃，而當真正看清床簾後那抹窈窕的身影時，他仍是停下了腳步，小心翼翼地喚了一聲，「夫人……」

門窗緊閉，燭火燃得濃烈，屋內溫暖如春，叫人身心都放鬆下來。

諾亞鼻翼微動，聞到了一股不容忽視的奶香……

「知道我為什麼找你來嗎？」

奧德莉的聲音從床上傳出，明明已是深夜，聲音卻不聞倦意，反倒清醒非常，夾雜著一股濃烈的沙啞欲色。

床簾懸垂，遮住了諾亞的視線，但房裡那股女人身上的香味足以令他心旌搖曳。

「我屬於您，夫人……」他壓下喉間乾渴的燥意，提步向奧德莉走近，「我願意為您做任何事……」

外袍滑落在腳邊，地面踩出一片水漬。

諾亞身上被雨水淋得半濕，薄透衣裳貼伏在身上，顯出尚顯稚嫩的修長四肢，然而胯下卻高高立起，粉潤的性器被布料包裹著，現出未經人事的肉粉顏色。

像一件漂亮的藝術品，並不十分粗長，卻也不小，是一個剛好會令女人感到舒適的尺寸。

諾亞離得越近，越能聞到床幃裡散發出的奶香和情欲味道，像罌粟果一般吸引著他。

他自小身受調教，淫欲刻在他骨子裡，對女人的渴求是他生存的本性。

沒有人會比生活在宮廷裡以色侍人的性奴更清楚此間的陰晦淫亂，他自小被人用各種工具調教成一個淫奴、一個十足的騷貨，然而長到這麼大，他卻不被允許碰任何女人。

他的處子之身只能獻給高傲的貴族——這在他第一次學著如何服侍女人時便被告知的事。

而這一天終於到來……

諾亞小心翼翼地撩開床簾，看見奧德莉一襲單衣靠在床頭，身上汗濕，白膩肌膚上泌出濕潤泛光的水色，如他預料一般經受著情欲的折磨。

然而即便如此，她也不見狼狽之色，側身靠坐，懶洋洋看著他，姿態高貴如不可攀奪的明月。

銀色長髮垂落在胸前，衣襟微陷入豐滿的乳肉，裸露在外的肌膚上一處又一處斑駁紅痕，從纖細脖頸一路蔓延至半露的胸乳，不難想像被衣服遮住的身軀又是怎樣的好風景。

那是男人在她身上留下的痕跡。

諾亞腦海中回憶起往日窺見的場景，不禁想著，夫人沒有嘗過他的好，才會接受安格斯那般粗暴的行徑，像隻粗獷的野獸，不懂如何溫柔地取悅女人。

他會比安格斯做得更好。

「你說你願意為我做任何事？」奧德莉唇邊漾開一抹淺笑。

「是，夫人……」諾亞動作輕柔地在她床邊跪下，刻意在她眼前完全展現著自己的身體，打濕的薄裳在燭火下幾乎遮不住任何東西，少年粉嫩的乳尖、高挺的性器完全暴露在她眼前。

他那處粉粉嫩嫩，根部沒有一絲毛髮，飽脹的肉菇在她面前一顫一抖，吐出的淫液將衣服浸得濕透，布料卻又包覆住那根完全硬挺的東西。

塗抹在身上的藥膏香隨著呼吸絲絲縷縷進入奧德莉鼻中，諾亞能聽見她越發急促的呼吸。

她抬手撫上他的臉，諾亞目不轉睛地望著她，唇邊抿開一抹羞赧的笑，將臉貼入她手心輕蹭。

奧德莉低頭看著他仰慕的神色，臉上笑意更深。

諾亞大膽地伸出手輕輕摟住她的腰，抬頭試圖去親吻她的面龐，然而在他試圖更近一步前，奧德莉卻突然開口道：「你說的任何事，包括給我下藥嗎？」

話語一出，諾亞驟然僵如石塊，空氣在此刻彷彿凝聚成實質，厚重地壓在他身上，曖昧不明的氣氛瞬間變得如履薄冰。

他被這個問題打了個措手不及，嘴唇不可抑制地輕輕顫抖了一下，奧德莉的語氣太絕對，以至於他連辯解都不知從何開始。

但他腦子裡又冒出另一個疑問，自己明明已經十分小心，她是如何得知的？晚餐時下的那藥是他從宮廷中帶出，沒理由會被查出來。

還是說，她只是聞到了自己身上的藥膏？

「嗯？怎麼不說話？」奧德莉抬起他的下巴，眉尾輕輕挑了一下。

諾亞強迫自己穩下心神，求生的本能很快驅使他換上一副楚楚可憐的神色，眼中泛開水霧，像一面澄澈的湖，「夫人，那只是……」

可奧德莉似乎不想聽他狡辯，她無視了他展露的脆弱，將手指按在他唇上，阻斷了他接下來的話。

她慢慢俯身湊到他耳邊，手指輕輕撥弄他耳側的頭髮，「你知不知道，給我下藥會有什麼後果？」奧德莉低笑了一聲，輕聲道，「你這麼漂亮，將你砍去四肢沉到湖底做肥泥，你喜不喜歡？」

她嗓音恍若異域的海妖，聲音輕細，快要被外界雨聲蓋過，然而說出的話卻叫諾亞膽寒至極。

他迎上她湛藍雙眸，眼尾微彎，然而眸中全是冷漠的殺意。

她並非在開玩笑。

冷汗攀上少年纖薄的背脊，諾亞此時才陡然意識到，奧德莉絕非他以為的良善之人，她向他展露的所有溫和善意，不過是因他沒有觸及到她的底線。

諾亞顫抖著，抓住奧德莉抽回的手，抬頭看著她，仍想解釋些什麼。

此時，忽聽窗戶處傳來一聲輕響，隨後一陣寒風湧入房中。

諾亞偏頭一看，就見一個黑影翻進房間，身形迅疾如鬼魅，周身不停淌著冰涼雨水。

冷風呼嘯著湧進，恍若大舉入侵的強敵，轟然沖去了一屋暖意，也將來人身上濃烈的血腥味吹拂至兩人身前。

驟雨如銀針飄進屋內，牆側紅燭被吹得一明一滅，來人抬起頭，露出一隻冷厲如鬼目的金色瞳眸。

雨水在他腳下累積成一灘淺池，陰冷面目被雨水淋得濕透，他直直看向諾亞握著奧德莉的手，蒼白面容上嫣紅的嘴唇微動，嗓音嘶啞地喚了一聲，「小姐。」

安格斯明明一眼都沒有落在他身上，然而諾亞卻能清楚感受到對方身上的強烈殺意。

他身軀猛地一震，腦中頓時浮現出兩個字——

完了。

Chapter 18

窗外雷雨交加，寒風穿廊，風聲淒厲如鶴唳。

安格斯一言不發地站在窗戶旁，視線從兩人交握的手挪到地上諾亞褪下的衣服上，而後又轉回到他幾近赤裸的身體。

奧德莉隨著諾亞驚恐的目光看過去——床簾擋住了她的視線，她只能看見安格斯瘦窄的腰身，以及底下的一雙長腿。

距離他出門約有兩個多小時，奧德莉沒想到他回來得這麼快，她開口問道：「辦妥了嗎？」

汗珠從她臉側滾落，聲音低啞，帶著一股潮黏的濕意。

安格斯罕見地沒有回她的話。

奧德莉蹙了下眉，「安格斯？」

「我在，主人。」嘶啞嗓音自窗旁響起，在深夜的風雨聲中，叫人毛骨悚然。

諾亞不由自主地抖了一下。

奧德莉眉心皺得更深，她額前已經濕透，情動得厲害，眼前所見都有些模糊，沒有意識到自己的手還被諾亞握在掌中。

她不知諾亞給她下了什麼藥，在安格斯離開的一個小時後突然發作，來勢洶洶，聞到諾亞身上那股異香後，身體越發情熱，似有火團在她腹中灼燒。

身體逐漸失去掌控的感覺令她煩躁不安，她啟唇再欲開口時，看見安格斯那雙彷彿釘在地上的腿動了起來。

濃烈的血腥氣朝兩人逼近，滂沱雨聲掩蓋下，安格斯落地的腳步聲輕得幾乎聽不見。

諾亞面色遽變，抓緊奧德莉的手無助地看向她，聲線顫抖，「夫人……」

奧德莉斂眉看了諾亞一眼，後知後覺地意識到安格斯或許誤會了什麼，憶起安格斯曾經在諾亞面前做過的恐嚇行徑，又想起諾亞身後的城主，她揉了下眉心，「安格斯，諾——」

話語未完，安格斯突然抬起手，眼前勾掛住的床簾便落了下來，淺色布簾將她與外界完全隔斷開。

奧德莉疑惑地抬起頭，就見床簾外倏然閃過一道銀光，寒光映入眼眸，奧德莉甚至看不清安格斯的動作，只聽見一聲戛然而止的驚叫，溫熱腥重的液體便灑濺在她面前的床簾上。

床簾猶如屏障將她保護在其中，鮮血染紅了她身上的薄被，卻未能沾染她分毫。

隔著一層薄透的簾紗，安格斯手上握著一把滴血的短刃，無聲站立，冷眼看著諾亞用盡最後的力氣徒勞捂住喉嚨，連求救聲都來不及發出便轟然倒地。

奧德莉對此毫無預料，窗外一聲驚雷震響，她驀然抬手掀開床簾，傾身看向地上的諾亞，慍怒道：「誰讓你殺了他的？」

方才還鮮活的少年此刻如同瀕死的獵物般痙攣顫抖著，喉嚨裡發出含糊的咕嚕聲響，鮮血不斷從他喉頸刀口、口鼻湧出，房間裡血腥味厚重得彷彿凝成了塊。

城主安插一個親密無間的枕邊人在她身邊，必然不只是純粹想賞她一個情人這般簡單，諾亞暗地送出許多信件，奧德莉也只當不知。

諾亞雖只是一個眼線，也並非全然無足輕重，如今他死了，城主雖不會責怪，也怕會暗中再安插他人。

而明面上的眼線總比未知的更易於掌控。

安格斯側目看她，他大半身都是諾亞的血，幾滴濺在他臉上，順著他蒼白的側臉滑落，獨目豎瞳，面容冷硬，狀如惡鬼。

他將床簾掛回簾勾，蒼白的手指從金色掛鉤上收回，轉而用未沾血的那幾根手指撫過奧德莉額角汗濕的銀髮，嗓音極低，彷彿竭力在壓抑著什麼，「我說過，如果他妄圖上您的床，我就殺了他。」

安格斯神色很淡，眼中卻冰冷得恍若醞釀著一場風暴，「您若想讓他活著，就不該在深夜見他。」

奧德莉眉心緊皺，正色望向他，「我何時見什麼人，做什麼事，還需經你允許？」她拂開安格斯撫弄自己髮絲的手，厲聲道，「我便是要和他上床，你又能如何——」

「他已經死了。」安格斯打斷她，嗓音嘶啞不堪。

他身體僵硬，手背上青筋鼓起，目不轉睛看著她，一字一字地重複道：「他已經死了。」像是要說服奧德莉，又要說服自己，「您不會和一個死人上床，對嗎？」

燭火在他身後搖曳不停，越發顯得他身影蕭索，周身死氣沉沉。

他看著她，如同污泥裡滾爬的惡徒望向貴女。

沉默、壓抑，深藏著不可告人的濃烈欲望。

奧德莉身軀微傾，細腰自然塌陷，凹出一個柔軟誘人的弧度，鬢邊、細頸皆是薄汗津津，雙頰泛開一抹紅，如被雨水淋濕的花瓣，眉目間厲色也柔和幾分。

即便在一片濃烈到血腥味中，安格斯也能嗅到她身上散發出的馨香，如令人上癮的罌粟吸引著他。

他的主人是這世間獨一無二的美好，除了他之外，任何人都不能觸碰……

諾亞的身體漸漸不再抽動，安格斯褪下髒汙的外袍，將短刃在衣上擦淨，收回袖中，好似什麼也沒發生，若無其事地俯下身去抱她，低聲道：「這裡髒了，我帶您去另一處歇息。」

奧德莉眉間緊擰，偏身避開了他伸出的手。

在她後退躲避的那一刹，安格斯驟然停下了動作，身上釋放出一股不可阻擋的凜冽氣勢，如翻卷浪湧將她淹沒。

他抬起眼睫，金眸銳利似鷹目，鎖死在她臉上，赤金眼瞳也隨之抬起，露出下方一點眼白，眉眼間距拉近，眼尾弧線鋒利如刀，猶如一隻蓄勢待發且極度危險的野獸。

未等奧德莉再給出任何反應，安格斯沉重的身軀就朝她壓了下來。她揚起頭，看見安格斯面上一層層鱗片接連生出，覆蓋在他裸露的蒼白皮膚上。

他面目冷寒，一言不發地錮住她的腰，朝她唇上重重咬了上去。齒尖刺破唇瓣，用了十足的力氣。

「唔呃——」奧德莉吃痛，下意識抵住他胸膛將人往後推，可藥物作用之下四肢乏力，哪能與他抗衡。

他低斂眉眼，卻是沒敢看她的眼睛，舌頭徑直舐開紅唇，舌尖觸及緊閉的牙關也絲毫未停，察覺奧德莉的抗拒後，更是越發強硬地往齒縫裡鑽。

柔軟舌面刮過堅硬齒尖，兩人口中頓時嘗到了腥甜血味。

「唔……你又、發什麼瘋……」奧德莉勉強從口中擠出一句話，卻立刻又被安格斯堵住了唇舌。

他身體是冰的，就連唇舌也捂不熱，寬厚舌頭像塊冰涼的軟糕，牢牢纏住她後縮的舌尖，吮吸的力道狠重，奧德莉在安格斯身上感受到了一股極其壓抑的情緒。

熟悉的氣息在口舌間竄動，抑制已久的情欲終於得到緩解，她情不自禁拽著他的衣領，張開嘴唇將橫衝直撞的舌頭納入唇腔。

安格斯眼瞳一縮，手臂施力，將她攬得更緊。

鱗片仍在不斷冒出，分明在親吻，他臉上不見任何歡喜神色，黑鱗覆蓋下，越發顯得面容冷硬。

一隻覆滿冰冷鱗片的手掌順著奧德莉柔滑溫熱的大腿摸上來，沒有任何撫慰的動作，長指徑直滑入肉唇，摸到一手濕液，淫水幾乎流滿了整條臀縫。

尖長指甲觸及嫩肉，肉唇瑟縮著閉攏，安格斯將唇間涎液搜刮入口，喉嚨一滾，發了狠地去啃口中軟舌。

無論奧德莉怎樣推拒他，他也分毫不退，像是要以此證明什麼。

他自雨夜歸來，一身濕寒涼意與血味混雜在一起，奧德莉身體本就汗熱，此時貼在他身前，倏然微微發起抖來。

安格斯猶如一尊冰涼的石柱壓在她身上，啃吻的力道彷彿要將她吞入肚，透著一股不死不休的味道。

舌面刺痛的傷口和不斷溢出的血味引燃了他身為怪物的暴虐本能，終於，他稍抬起身，喉嚨裡發出一聲低啞的怒吼，同時身形急劇變幻起來。

布料撕裂聲接二連三響起，暴漲的身形頂塌了床簾，奧德莉得空大口喘息起來，視野驟然變暗，彷彿一道幕布在她眼前急速展開。

一道閃電破開黑雲直直劈下，裂紋如密集蛛網籠罩在海瑟城上空，在那短短一秒的時間裡，整座莊園亮如白晝。

奧德莉驀地睜大雙眼，訝異地看著身上化作獸形的安格斯，他額上犄角彎曲似黑色冰晶，身軀偉岸如一座不可撼動的山巒。

他極少在她面前化作原型，以這般壓制的姿態更是少有。

安格斯無聲凝視著她，身上堅硬鱗片泛著冰冷寒光。

奧德莉視線下移，還沒來得及看清什麼，只聽窗外一聲遲來的轟隆驚雷聲，一條鱗尾攀纏住她，隨後一顆巨大的黑色頭顱埋了下來……

夜風呼嘯著湧入屋內，半開的窗戶被吹得啪啪作響，燭火一盞接一盞被冷風吹熄，殘餘燭光影在牆上映照出一道恐怖的野獸身影。

奧德莉被安格斯壓在床上，鋒利前爪踩在她腰側，將她牢牢鎖在身下，布滿倒刺的寬厚舌頭一下又一下舔舐著她赤裸的身體。

尖利長牙在口中若隱若現，奧德莉毫不懷疑，這樣的安格斯能輕易咬斷她的喉嚨。

他獸形足有三四公尺長，床榻容不下他龐大的身軀，他後爪踩在地面，前爪搭在床上，支著身從下至上去舔她。

堅硬黑色鱗片貼著奧德莉雪白的肌膚，絕對的體型差距和視覺衝擊之下，彷彿惡魔豢養的野獸要強行與人類女子進行一場絕對不可能的交配。

舌頭舔過腰腹，壓入柔軟乳肉，又勾過纖細白頸，如同在伴侶身上留下自己的氣味，不厭其煩地在她身上舔了一遍又一遍。

脹痛的乳尖在舌面壓迫下刺激噴乳，被他一口含入。粗糙舌面將皮膚刮得癢痛泛紅，若在以往，奧德莉早厲聲叫他滾開，然而此刻她卻無暇顧及，只因安格斯身下那根粗碩得叫人膽寒的東西早已鑽出了鱗片，正隨著他的動作一下又一下在她在她腳邊亂蹭。

他獸形已經十分駭人，性器更是恐怖，足有她小腿長，粗大的龜頭脹得通紅，比她拳頭還大，濕黏的液體不斷從粗得可怕的龜頭頂端的細縫中泌出來，黏膩地糊在她小腿上。

底下兩顆碩大的囊袋沉甸甸撞擊著她的腳踝，叫她忍不住蜷縮著雙腿。奧德莉看了一眼，便心有戚戚然地收回了視線，她咽了咽乾渴的喉嚨，推動壓在身上的巨大頭顱，聲音發顫，「下去……」

床下還倒著一溫熱的屍體，但她早已沒有多餘的心思去處理。不知諾亞下的究竟是什麼藥，她軟倒在床鋪中，身下濕得幾乎將被子潤透。尾巴陷進柔軟濕靡的肉縫裡，前後重重摩擦，尖端已經從縫口鑽了進去，在裡面肆意攪動著。

濕軟的穴肉溫順飢渴地包裹著冰涼的入侵物，奧德莉難受得幾乎想自己騎在他的尾巴上動起來。

然而察覺到他胯下那根越來越往上聳動的東西，奧德莉便不敢向此刻的安格斯發出任何想與他歡好的訊息。

因為此刻的安格斯無論怎麼看都不清醒，他本就寡言，化作獸形不能人語，更是安靜，彷彿連人性那一部分也徹底喪失。

舔她的力道極重，獸瞳中間一道猩紅泛光的血線，像是奧德莉曾在鬥獸場見到的失去了神智的野獸，變成了一隻只想交配的怪物。

在安格斯再次將性器往她小腿與床面間的縫隙裡頂弄時，奧德莉腦中猛然冒出一個驚人的猜測——

安格斯……難道在發情？

Chapter 19

可惜很快地，奧德莉就沒有多餘心思去想這個問題了。

安格斯忽然從濕淋淋的軟穴中抽出鱗尾，尾巴從床面與她腰身間滑進去，緊緊纏住她，將她整個人翻了個面。

奧德莉身前被安格斯舔得濕透，飽脹的胸乳壓在身下，乳汁溢出，很不舒服。她微動了動，一隻結實粗大的黑色獸爪卻突然避開她耳側散亂的銀髮，踩在了她頭旁邊。

另一隻爪子拂開她貼在身側的手臂，貼著她胸側踩在了床鋪上，將她整個人牢牢禁錮在了他身下。

奧德莉無需看，也知道安格斯此刻正以一個野獸交配的淫亂姿勢壓在她身上。

她蹙了下眉，試著爬起來，頭頂卻響起一聲低吼，一大片堅硬光滑的鱗片隨之貼在她背後，猶如騎士常年不褪的冷硬盔甲，沉重地覆在她背上。

冷意激得她打了個顫，奧德莉忽然心生不安，胡亂抓住腰上的尾巴，怒道：「你又想做什麼?!」

安格斯沒回答她，動作卻頓了一瞬，隨後像是在回答她的問題，一點一點將下腹壓了上來。但並未完全卸力，只是壓著她。

奧德莉抓住軟被，不由自主地顫抖了一下。

他腹下那處鱗片觸感極其明顯，炙熱非常，彷彿鱗片後的腰腹處有滾沸岩漿在燃燒。他上身鱗甲冰涼，越顯得下腹熱燙，讓她難以忽視。

安格斯腹部鱗片比別處稍軟，是這副堅硬龐大的野獸身軀不輕易示人的軟肋所在，然而這軟肋此時此刻卻讓奧德莉忐忑不安。

因為不只鱗片，下方那根粗碩滾燙的野獸肉莖也緊跟著貼上她的臀，深深壓入挺翹的臀肉中。

碩大的精囊沉甸甸墜在腿根處，奧德莉呼吸一滯，聽見頭頂傳來了一聲極重的吞咽聲。

她雖然看不見，卻感受到了一縷接一縷黏稠的熱液滴在了她塌陷的後腰上，滑膩不堪，又多又燙，緩緩地向深凹的腰窩中流進去。

空氣裡迅速飄出一股濃郁的淫靡氣味，甚至蓋過了血腥味。

奧德莉聞到那股味道，重重閉了閉眼，她太熟悉安格斯的身體，無需深思，也知那滴在自己腰上的黏稠液體是從何而來。她甚至可以想像安格斯腹下那根粗長肉莖是如何顫動著，從頂端翕張的鈴口裡流出一股又一股淫液。

像個初次發情的野獸，粗蠻不堪，又急迫非常。

但中了藥的奧德莉也好不到哪去，此刻的安格斯散發出的淫靡氣味深深吸引著她，令她情熱難耐，渾身軟得沒有力氣，濕透的穴口一吸一縮，只想讓他操進來再射個滿腹。

但感受到壓在自己臀上那根東西的重量和尺寸，所剩不多的理智便不斷提醒著她，如果安格斯身下那根東西插進她的身體，她今夜一定會死在他身下。

奧德莉微側過頭，從牆上看見了怪物模樣的安格斯俯身壓在她身上的影子，在這暴雨傾盆的深夜裡，有一種極其詭異的協調感。

她趴在床上，能看見安格斯賁張粗長的性器緊貼在她臀上，他野獸模樣的肉棒和他人形時完全不同，柱身上青筋虬結，粗碩無比，形狀恐怖，大得不可思議。

夜雨不歇，涼風湧入屋內，捲動燭火，連牆面的影子也晃動起來，看起來就像是一隻從地獄裡爬出來的巨大怪物在姦淫一個頭髮散亂的美麗女人。

此景如同一幅黑暗淫亂的邪惡畫作，叫人心生恐懼，卻又因那怪物腿間暴露的碩大肉莖和女人窈窕赤裸的身軀而燃起隱祕羞恥的欲火。

安格斯似是察覺了她的視線，他低下頭，伸出濕熱的舌頭舔弄著她髮間露出的小半耳郭，舌面倒刺勾住頭髮，他也不理，只順著耳根一路舔向纖細白皙的脖頸。

如同母獸舐犢，一遍又一遍，直至將她肩背舔得濕透。

如果不是臀後那根東西挪動著往她臀縫裡頂弄，奧德莉險些要以為他將自己翻個身只是為了更方便地舔她。

安格斯或許並不比她好受，鈴口吐出的水液多得已將她的臀縫潤得滑膩濕透。

藏在白嫩腿根間的紅豔縫口泛出一抹隱祕水光，脹大的龜頭慢慢抵入她的臀縫，他在她身上蹭磨著，性器一點一點地往底下那個小而潤的肉縫裡滑去。

奧德莉察覺到他的意圖，猛地繃緊了身軀，五指抓住他的尾巴扯拽，想從他身下翻出去，怒斥道：「你淋雨是淋瘋了嗎？這怎麼進得去！」

但無論她怎麼反抗，纏在她腰上的尾巴都未鬆動分毫，反而聞得安格斯一聲壓抑的吼聲，鱗尾一收，將她盤得更緊了些。

灼熱呼吸噴灑在她肩背，布滿倒刺的舌面緊隨著舔過光裸的背部，奧德莉忍住細吟，細細打了個顫。

熱燙堅硬的鱗片在她臀上挪動著，她抓住他的獸爪，強作冷靜，「安格斯，鬆開……」

那根粗得恐怖的東西終於滑至腿間，淺淺抵在她的穴口上，濕淋淋的碩大肉菇在她肉縫處頂弄著，兩瓣穴肉含住龜頭，蠕動著吸吮頂端那個敏感的細縫。

安格斯看著她，忽然明白了為什麼會有人將這個地方叫做女人的第二張嘴。

他的小姐全身上下，怕是沒有哪裡會比這裡更會吸他的肉棒了。

至於上面那張紅唇，安格斯壓根沒想過。

他看著她，一下又一下把性器往前頂，像是存心想要把這根東西從這處塞進她的身體裡。

他的東西太粗，存在感太強，奧德莉連腿都合不攏。

細密微弱的快感從身下傳來，她面色卻有些發白，驚怒道：「你敢?!」

柔軟身軀此刻繃得僵硬，那身軟骨彷彿嵌入了不屈鐵器，汗珠順著她白皙下頜滑落，浸入被面，湛藍雙眸水光粼粼，濕潤如雨中海面。

許是察覺到了奧德莉的恐懼和震怒，安格斯驟然停了下來。

她閉了閉眼，輕輕吐出一口氣，眨去眼睫上細碎汗珠，聲線顫抖地威脅道：「你若是想要我死，就把那根東西塞進來吧……」

奧德莉說完，好幾秒身後都沒有任何動靜，暴雨沖刷著無邊夜幕，耳中只能聽見滂沱大雨的聲響。

但很快，奧德莉耳後便響起一聲拖長的沉悶哼嗚聲，壓得極低，似是從喉嚨裡生生擠出來，直直破開雨聲撞進她耳中。

像是不滿，有些委屈，故此發出這般聲音討好她，又像是野獸進攻前發出的最後警告。

不容奧德莉多想，在她腰上盤了兩圈的粗壯尾巴忽然一個用力將她腰身微微提起，而後將肉棒從她腹下與床面間塞了進來。

肉冠凸顯的棱邊擦過穴口，即便奧德莉再不滿，兩瓣肥軟濕熱的唇肉也依舊飢渴吸吮著身下粗碩的長物。

肉莖表面青筋粗碩，擦過她身下時，蠻橫地推開濕軟的穴肉。

柔嫩敏感的陰蒂從粉白軟肉中冒出一個豔紅濕靡的細尖，又被肉莖狠狠搓磨而過。

「唔嗯……」奧德莉急促地吸了一口氣，驟然身體發軟地哼吟出聲。

充血脹大的肉莖擠壓在她柔軟腹前，身後冰涼鱗片重重壓下來，粗重呼吸噴灑在她髮頂，安格斯沒有給她任何適應的時間，直接動著腰前後動作起來。

柔嫩的大腿內側被卡在中間的粗碩性器磨得通紅，性器每擦過身下那道豔紅多汁的濕熱肉穴，奧德莉更是壓不住口中呻吟。

安格斯抽出纏在她腰間的尾巴，轉而勾住她的一條腿，令奧德莉單膝半跪在床上，方便他將性器從她身下插進去，在她溫熱柔軟的腹部套弄。

奧德莉被他的動作撞得東倒西歪，只能抓著他一隻前爪穩住身形。

肉莖迅速地在她身下操進操出，精囊重重拍打在她的臀肉會陰處，在一片叫人耳熱的啪啪聲中，夾雜著黏膩淫浪的濕濡水聲。

汗濕的銀髮貼在鬢側，濕熱的舌頭壓上來，舔去了她眼角淚珠和汗液。

炙熱氣息噴灑在她耳邊，他舔弄她的動作有多溫和，操動的動作就有多不知輕重，好似只會憑本能做事。

碩大肉菇向前頂撞著兩團肥膩壓扁的乳肉，濕黏的前液隨著他挺動的動作紛紛塗抹在雙乳上，味道濃厚，又腥又黏。

奧德莉微支起身低頭往後望，就能看見那粗碩、濕紅的豔紅肉菇壓迫著兩團乳肉，從白膩乳肉間鑽出半個頭，但很快，又會縮回柔嫩的乳間。

一進一出，像是在用她的雙乳自慰……

在性器的擠壓下，奶水噴了一股又一股，安格斯似乎極其鍾愛在這處頂弄，沒完沒了，將雪白的乳肉撞得通紅也不停。

奧德莉似雌伏的母獸跪趴在他身下，姿勢屈辱又淫亂，深紅駭人的性器撞進她身下，又退著縮回來。

強硬蠻橫的動作是解決欲望的上好解藥，她大張的腿間，硬挺的陰蒂顫抖著從軟肉裡鑽出來，隨著他的動作一下又一下在性器上摩擦擠弄，短短片刻奧德莉便顫抖著達到了高潮。

黑色鱗尾拉著她的腿，穴口也合不攏，兩片肉唇顫抖著，淫液瘋狂從穴縫裡湧出來，將那根肉莖澆得越發濕滑。

可在她高潮後，安格斯卻未有任何要讓她緩一緩的跡象，反而用尾巴將性器與奧德莉的腰身一併纏住，在湧出的熱液潤滑下，更快速地抽動起來。

磨腫的陰蒂在肉莖表皮下粗碩的青筋上狠狠摩擦，但那粒東西此時敏感得不像話，哪裡經得住他這樣野蠻地蹭。

「嗯……呃……放、放開……」奧德莉聲音顫如琴弦，眼淚都被逼了出來。

她鬆開他的獸爪，將手置於腹下，試著推開他的性器，熱硬的溫度從掌心傳來，濕膩得根本握不住。

這個舉動反而惹得安格斯怒吼著低下頭，探出四枚尖長的獸牙咬住了她的細頸。

強大的壓迫感自身後傳來，他卸下幾分力，更沉地壓在她身上，鱗片大面積地貼在她身上，令她半分動彈不得。

安格斯甩動尾巴將她那條抬高的腿拉得更開，令那粒柔韌的肉珠完全從軟肉中露出，而後故意小幅而快速地用性器在那粒肉珠上碾揉。

過激的快感從身下傳來，呼吸間全是性器前液的味道，奧德莉咬住紅唇，肩胛顫慄地將臉埋進被子裡，手臂無意識地抱住那根折磨得她意識不清地東西，呻吟不止：「呃啊……安格斯、唔……出去，別、別磨了……嗯……」

安格斯置若罔聞，只管在她身上紓解欲望。尖牙輕易刺穿皮膚，陷入後頸，血珠從細小的傷口溢出，又被他伸出舌頭重重舔去。

不知過了多久，安格斯的喘息聲突然變得急促，他尾巴收緊，後肢煩亂地在地面胡亂踩動，拉長聲音吼著將肉棒緊緊塞進奧德莉的雙乳間。

利爪鋒利如刀，探出指縫，深深抓入床鋪，黑色鱗片下肌肉賁張繃緊，線條分明，蘊藏著難以忽視的爆發力，如蓄勢待發的虎狼。

他喉嚨裡發出一聲舒適拉長的呼嚕聲，肉莖顫抖著，鈴口大開，在奧德莉的低吟中，射了她滿乳。

濃白的精液一股又一股噴出，堆積在深深的乳縫裡，又多又稠，黏糊糊地極不好受。

安格斯低頭舔著奧德莉顫慄的背脊，喉中低吼一聲，聽語調像是在喚她。

將肉棒又往乳中頂了一下，奧德莉身軀一抖，濃稠的精液多得藏不住，慢慢從乳溝裡流出來，順著白膩的乳肉一路滑至紅腫乳尖，和奶水一同一滴接一滴往床上淌，將床面染出一片淫靡不堪的水色。

Chapter20

窗外風雨不停，雷電轟鳴，恍如要閃個整夜。

倒在床腳的屍體早已涼透，鮮紅血液順著地面散開，如同一匹鋪在諾亞身下的紅綢緞，鮮血染紅了他身上的薄紗，映得瘦長身軀越發蒼白，連嘴唇也如覆了霜雪，毫無血色。

呼嘯冷風吹滅了房中大半燭火，只有寥寥幾盞強撐著照亮了半邊天地，燭淚堆積如潔白山丘，顯然也快燒到盡頭。

莊園裡侍從侍女都已熟睡，只剩安娜還兢兢業業地守在奧德莉房門。風過長廊，她昏昏欲睡地站立著靠著石柱打盹，在風雨稍止、極偶爾的時候，能聽見房中傳出不尋常的聲音。

像是女人的呻吟，恍惚之間，又似是野獸的低吼……

屋內高架實木床上，三面垂落的床簾在湧入的夜風裡飄搖晃動，安格斯射完，卻仍以龐大的野獸身軀壓在奧德莉身上，不容她離開。

金瞳垂落，他自上而下看著趴在床上細微顫慄的奧德莉，伸出寬厚的舌頭舐過尖牙在她後頸咬出的那四顆帶血的牙印。

他顯然未得到滿足，貼在奧德莉身前的性器依舊粗實硬挺，絲毫不見疲軟之態，正恬不知恥地動著腰在她綿軟肥膩的胸乳裡摩擦。

乳縫裡包住的淫液黏膩又濃稠，從性器裡射出又順著粗實的獸莖往根部流，肉莖貼在她身上、腿間蹭頂時，不斷發出淫靡的咕嘰聲響。

安格斯像是爽得分不清身下究竟是他的主人還是供他發洩欲望的妓女，尾巴仍纏在奧德莉腿根處，如同活物般收緊力道去揉擠大腿軟膩的膚肉。

奧德莉從激烈的快感中漸漸緩過來，側臉貼著床被，五指扶住貼在腹前的硬挺肉棒，另一隻手去拽他動個不停的尾巴，口中無力道：「安格斯，下去……」

她胸口處被他的性器頂得難受，後背又承載著他沉重身軀，柔弱身體實在無法忍受這般擠壓。

且被尾巴纏住的腿根又痠又累，昏黃光線裡，甚至可見雪白皮膚上一片片被鱗片壓出的紅痕，說不出的曖昧。

安格斯察覺她聲音疲憊，獸爪微收，蜷縮著藏入掌中，小心翼翼地撈住奧德莉的腰，將她翻了個身。

奧德莉痠累的腿終於落到實處，她平躺在柔軟的被子裡，緊蹙的眉心漸漸舒展。她喘息著，去扯安格斯緊纏在身上的尾巴，卻是紋絲不動，反倒引得身前白膩碩乳晃了晃。

射進乳溝裡的濃稠精液再藏不住，順著乳肉直直往腹部、脖頸流。

安格斯野獸體型太大，射出的東西也多，奧德莉身前後背黏膩得不行，她隨手往身上一摸，便是滿手濃膩白濁。

奧德莉下意識抬起眼眸，看了眼安格斯冷硬的野獸面容，沒好氣地罵道：「爽完了還賴在我身上幹什麼，滾下去……」

她渾身都沒什麼力氣，說話也有氣無力，身體仍在發熱冒汗，顯然還很難受。

安格斯聽見了她的話，卻只是看著她，沒動。

他額上獸角鋒銳，漆黑鱗片泛著寒光，左目緊閉，金瞳豎立如刀鋒，極具壓迫感的視線落到她身上，乍一眼的確駭人無比。

床幃猶如布幕籠罩著床榻，一時寂靜得只能聽見兩人的呼吸聲。

奧德莉看著安格斯，越發覺得他今夜格外不對勁。

他胯下的東西還搭在她腹前，頂端那道紅潤濕透的細縫直直對著她的臉，紅豔發浪，時不時還在往外泌出幾許殘留的濃精。

安格斯順著奧德莉探究的目光看下去，忽然動了起來，隨後伸出了舌頭去舔她汗濕的面龐。

奧德莉偏過頭伸手費力去推他的頭顱，手上腥濃的精液大半抹在了他乾淨的嘴角，「別舔了，全是口水……」

然而奧德莉根本攔不住一隻不聽話的野獸，舌面肉刺擦過下頜落在頸側，奧德莉輕呼一聲，閉上眼正準備開罵，卻察覺安格斯在聽見她的話後逐漸停下了動作。

他緩緩抬起頭，目不轉睛地看著她，金瞳深暗，龐大身軀如夜色下一座紋絲不動的巍峨山巒。

長髮如根根打濕的銀色細綢線貼在奧德莉臉側，面龐泛紅，藍眸濕潤，如同深海漩渦吸引著安格斯的目光。

然而此刻這片映照著他身影的深海卻蘊含著雨夜風暴般的怒意。

猩紅的舌頭緩緩從他口中探出，舌尖一動，將唇邊腥白的液體全捲進了口中。

視線轉而又凝向奧德莉推他的那隻手的手腕，腕骨纖細，上面有一圈紅痕，是之前諾亞情急時握著她抓出來的……

風雨急劇拍打著木窗，窗戶敲打窗框，發出「砰、砰」幾聲巨響，屋內燭火如風雨中驚懼的赤黃色蝴蝶撲閃不停。

在不安晃動的光影中，奧德莉忽見安格斯後退，隨即低下了頭。

奧德莉暗覺不妙，還來不及說什麼，胸前就傳來了一股難以容忍的痛癢感。

汗濕的軟熱身軀瞬間繃如拉直的軟綢，她咬著唇，昂高脖頸，口中溢出了一聲低啞拖長的哭吟，「呃嗯——」

窗外電光閃動，悶雷炸響在濃厚雲層中，照亮了房中一隻野獸正壓在女人身上吸奶吮乳的身影。

野獸刺密的濕紅舌面覆上兩隻乳尖，如細針般刺入了奧德莉紅腫敏感的乳孔。

她體內藥性發作，這處更是敏感脆弱，雙乳在刺激下瞬間就噴出了一股甜膩的奶水。

安格斯瞳孔紅光浮現，舌頭一捲，將乳汁一滴不剩地吞入了喉管中。

奧德莉甚至能聽見他喉中的低悶吞咽聲。

冰涼鱗尾如滑蛇迅速盤捲住奧德莉的大腿，接著從腿縫後鑽出，尾巴尖尋到她的手，纏住手腕將手縛在了她的腰後。

尾巴一用力，便令奧德莉不由自主抬腰挺起胸乳，看起來如同她主動將雙乳餵食到他口中。

安格斯用舌頭卷裹住白膩的乳肉，卯足力氣去吸她飽脹豐沛的奶水。

雙乳被他一條舌頭擠弄得變形，一會兒便因他粗魯的行徑被玩弄得通紅。

顫巍巍的乳尖隱在寬厚的舌頭裡，可憐巴巴地往外吐著奶。

猩紅舌頭緊壓在雪色肌膚上，乳白的奶汁從舌面流下來，滴到奧德莉的胸乳上，那兩顆可憐的熟透泌乳的紅果便又要被粗糙的舌面粗蠻舔過好幾遍。

安格斯將乳上精液、汗珠都一併舔進腹中，像是野獸在用舌頭在清洗幼崽的身體。

唯一不同的是，安格斯才是那吃奶的幼崽。

他吸完一邊，又挪過去含住另一邊。

無法掌控的刺痛和快慰一併順著乳尖蔓延至腹下，奧德莉細喘著，用空閒的那隻手去阻擋他濕膩的舌頭，「滾開，別舔了，唔……」

奧德莉躺在被子裡顫抖著，面色紅潤如霞，濕汗淋淋，腰身弓如皎皎細月，脫力地靠在粗實的黑色長尾上，只能任由他發瘋。

在安格斯試圖將她兩隻手都用尾巴纏縛住時，她尋到機會，抬起腿用盡全力給了他一腳。

他身上鱗片堅比盔甲，這一腳踹在他胸前鱗片堅硬處，更是不痛不癢。腳掌順著光滑鱗片脫力地滑下去，安格斯慢吞吞吸空了兩隻軟乳，才抬起頭，定定看向奧德莉。

她紅唇微啟，蹙著眉氣息不勻地喘息著，目光卻凌厲直白地看向他。滿臉都寫著「從我身上滾下去」幾個字。

密長如鴉羽的眼睫上墜著幾點細碎的水珠，像是汗，又像是被他逼出的眼淚。安格斯看了她好一會兒，才緩緩鬆開她纖細的手腕。

腕上那圈刺眼的紅痕已經被鱗片壓痕覆蓋，然而他纏得太用力，那雙手此時正微微發著抖。

安格斯低下頭，用舔舐過精液和奶水的舌頭去舔奧德莉的嘴唇，濃郁鹹腥味和奶香鑽入鼻腔，意料之中地觸及了她封鎖的齒關。

他悶不吭聲，像是勢必要以蠻力取勝，寬大的舌頭舔過她的唇縫，口舌舊傷未癒又添新傷，只顧直直往她口中鑽。

奧德莉並不配合，蹙眉看著他發瘋。

呼吸間氣息交融，她躲避不開，索性抬手抓住他額上的彎曲長角，摸到他耳根細密軟鱗，指甲卡進鱗片層中狠掐了一把，安格斯這才停下。

奧德莉用力用得狠，安格斯僵住，身上鱗片忽然如潮褪去，身形變幻縮小，漸漸露出蒼白勁實的人類身軀。

犄角還在她手裡握著，尾巴也仍纏著她的腰，少許黑色鱗片貼覆在他微微起伏的腰腹、手臂、頸側和眼周，停留在一副半人半獸的模樣。

這幅容貌的他，眼睫一垂緊盯著人看時，十足怪異又危險。

猩紅的舌頭舔過被奧德莉咬破的唇角，安格斯叉開腿跪在她腿間，手握上她的腰，終於捨得開口說話。

目光落在奧德莉臉上，他頓了頓，嗓音嘶啞地問道：「您願意讓他服侍您，卻不肯讓我碰您嗎？」

這個他是誰，不言而喻。

他彷彿自言自語，不等奧德莉回答，大掌壓住她大腿內側，露出兩瓣飽滿紅靡的蚌肉，兩根長指猛地滑進她顫巍巍的肉縫，「明明您這裡都濕透了……」

軟紅蚌肉在燭火下泛開濕亮水色，粗糙修長的手指淺淺探入，奧德莉輕喘了一口氣，眉心蹙得更深。

然而潤熱的穴肉卻不由自主地吸咬著他，渴求地迎合那兩根在裡頭攪弄按壓的長指。

安格斯顯然誤會了今夜奧德莉召諾亞來她房間的原因，但奧德莉被他壓著如妓女般肆意褻玩了一番，自然也給不了他好臉色。

她一字也未解釋，在他面前揚起通紅的手腕，嗤笑道：「服侍女人這種事，你覺得自己做得比他好嗎？」

「……」

安格斯被罵後也不吭聲，只因他無法反駁。

他向來只知道聽奧德莉的話、按照奧德莉的意願做事，聽從奧德莉的指令是他多年來刻於骨血的本能。

每當他的主人的意願和他所求相違背時，他便只好閉上嘴。

他垂著眼睫不看她，壓住她的腿根，曲起手指用粗糙的指腹按弄她體內敏感之處。

奧德莉見他這副一聲不吭的模樣就頭疼，她見慣了他這樣，一旦避開視線抿著嘴角不說話，就和罵不聽勸的瘋狗沒什麼區別。

她張了張嘴，一個字未出口，就被安格斯突然加劇的動作攪亂了思緒。

他像是要證明什麼，手指一探進去就入得極深，抽動兩下，就藉著濕滑水液又加入了一根手指。

指縫夾住內壁裡那敏感的軟肉規律大力地揉捏起來，拇指按在之前被獸莖磨腫的柔韌肉粒上，抽弄出惱人的噗嘰水聲。

奧德莉死死抓著纏在腰上的尾巴，指甲扣抵在堅硬的黑色鱗片上，面紅眸濕，頭髮散亂，渾身露出一副格外惑人的魅色。

安格斯聽見她低細的喘息聲，猩紅舌尖勾過尖利犬牙，在一片搖晃燭影裡還敢躬身去吻她泛紅的眼角、濕潤的唇瓣……

薄唇輕輕含弄著紅唇，黑髮掃過她的臉頰，奧德莉抬起眉看他冷硬又飽含欲望的面容。

如果不是按著她大腿的手不容她躲開，奧德莉真要以為他又回歸了溫順的假像。

奧德莉懷疑自己泌乳與安格斯有關，已經很長時間沒讓他爬上過床，此時即便是三根手指，就讓飢渴已久的軟穴緊纏著他不放。

「您下面吸得我好緊……」安格斯情不自禁道。

手指不經意摸到深處那軟小的宮口，內壁更是快速蠕動著絞緊了他，像是要從他手指裡榨出精來。

安格斯愣了愣，用指尖輕輕去戳刺那個小得不可思議的軟熱細縫。

奧德莉被他挑弄得欲望高漲，不耐煩他磨蹭的動作，催促道：「要做就做，不做、唔……不做就滾……」

安格斯聞言，抬起眼睫深深看了她一眼，面部灰黑色鱗片暗光浮閃，他從那裹緊的蚌肉裡驟然拔出了長指。

粗礪指腹擦過軟熱內壁，帶出一串濕黏水液，奧德莉細細顫了一下，呻吟出口半聲，便被堵住了唇舌。

濕熱長舌趁機滑入齒縫，安格斯如願以償地再次嘗到她的味道。他喉間溢出一聲輕喘，盯著她姝麗的眉眼，在一片濕濡的親吻水聲中，握著腿間那根硬挺的東西抵了上去。

Chapter21

好緊……

安格斯深吸了一口氣，垂目看著那個死死裹吸著他大半龜頭的嫣紅肉穴。

他半獸態時的性器比平常要大上一圈，怒脹的肉棒難以頂入，充血的龜頭進退兩難地卡在穴口，如同嵌入在了那枚軟肉做的鮮紅多汁的花苞中。

明明這處才輕鬆地吞進他的三根手指，此時換了根東西，頓時又如處子般咬死了他。清黏水液從兩瓣被強硬頂開的蚌肉深處流出，將脹得硬痛的深紅龜頭潤得濕亮。

濕滑的汁液裹著性器，甬道中的軟肉像是認得他腿間這根形狀可怕的東西，縮動翕張著想要將粗實的肉莖往裡吞。

安格斯被那張緊窄的小口咬得氣息都亂了，可他偏不乾乾脆脆地操進去，反倒握著肉棒戲弄般在兩瓣唇肉間打圈，感受著他的主人一點一點含著他往裡吞吃，帶給他折磨般的爽感。

他這些日每天面對奧德莉大開的胸襟，將衣裙下那對白膩胸乳玩了個透，香甜奶水大口吮入喉中，卻是越飲越渴，次次都是硬著從她身上離開。

偏偏再難受也只能忍著，沒有奧德莉的命令，他不敢太過放肆。頂多趁他的主人夜晚熟睡之際，偷偷含抿著她的乳尖去揉弄胯下那根脹痛的東西。

如果在平常，得了今夜這樣的機會，他一定早早頂進了奧德莉身體裡最深的地方，抱著她顫抖的身軀，聽她因他而顫抖難耐的呻吟。

今晚卻不同。

如果他晚回來半個小時，此刻在這張床上的人，或許就不是他了……

想到此，安格斯瞳孔急速擴大又收縮，豎瞳間蕩開一道長直的猩紅細線，如利刃劃破的新鮮傷口。黑色長尾纏住大腿往旁邊拉開，安格斯掐著奧德莉的腰，順著肉穴縮動吮吸的規律往裡頂了頂，好像這樣就能讓他的主人順順利利把他給吞進去。

甬道縮得厲害，奧德莉難受得用腳勾著他的腰背，大腿貼著他腰胯無意識地輕輕蹭動，手裡捏著他的尾巴尖輕掐，喘息著催促，「別磨蹭了，嗯……進來……」

安格斯抬目看向等得不耐煩的奧德莉，見她將嘴唇咬得微微泛白，伸出長指將那瓣嘴唇解救出來，又去揉她那道被龜頭撐圓的紅潤肉穴，口是心非地解釋道：「您這裡咬得太緊了……我進不去。」

安格斯似是要她相信自己的說辭，腰腹收緊往後稍稍退開，龜頭從濕淋淋的飢渴肉穴裡輕輕拔出來，兩瓣飽滿肥膩的兩瓣唇肉不捨地貼附著他，與龜頭頂端吐水的細縫連拉出一道細長的晶瑩水液。

他一隻手按著她的大腿，不讓她腿根閉攏，同時用粗實跳動的肉菇去摩擦濕靡的唇肉內側，磨得兩瓣流汁的蚌肉露出細縫顫巍巍包含住他，又動著腰往裡撞去。

「唔嗯——」奧德莉輕喘一聲，抓緊了掌心裡鑽動的尾巴。

安格斯用力極重，可不知怎麼，卻只淺淺操入了小半深紅的性器頂端，奧德莉此刻只覺腹下越發空虛，極需火熱硬挺的東西將其撐滿。

「小姐，您這裡還要再張大些。」安格斯低聲道，粗糙手掌上癮似地揉捏著她腿根的嫩肉，一根手指順著交合邊沿的縫隙不慌不忙地鑽進去勾弄內裡的媚肉。

嘶啞聲線在滂沱夜雨聲中顯得格外獨特，恍如詭譎邪神在奧德莉耳側低語：「別咬太緊，這樣肉棒才能操進您的身體裡……」

安格斯語氣平靜，然而金色瞳孔卻在不斷收縮變換，如惡蛇盯著身下緊窄咬合他的肉洞。

奧德莉蹙了下眉，抬目看了他一眼，忽然抬手握住安格斯的後頸將人往下按，她此刻渾身沒什麼力氣，但安格斯卻一反常態，軟得像沒長骨頭似地順著力往前倒。

他單手撐著床面，停在她身上半掌寬處，金瞳微垂，伸出舌頭在她汗濕的眼皮上重重舔了一口。

豔紅舌面逼近視野，奧德莉下意識閉了下眼，伸手將他推倒在一旁，翻身跨坐在了他腰上。

兩人姿勢調轉，安格斯像是知道她要做什麼，半點疑惑神色也未表現出，配合著伸手扶住奧德莉的腰，問她：「您要自己來嗎？」

奧德莉將胸前長髮拂至耳後，掀起眼皮看了他一眼，沒說話，但她臉上卻寫著「你怎麼沒用到連門都進不去」。

奧德莉不知道自己騎在安格斯身上時，是何等惑人的模樣。

屋內燭火光影搖晃，牆上影子浮動出夜風的形狀。柔軟的淺黃色光暈將她包融其中，明暗光影鋪沉在白皙柔軟的身軀上，汗濕膚色似在瑩瑩發著柔光。

淺色銀髮長長披落在肩前、耳後，盈盈一握的腰身上纏著圈隱泛暗光的黑鱗長尾，牙印紅痕從脖頸一路蔓延至小腹，雪白軀體上像被揉碎的花汁染紅，透出情欲的粉，烙印般刻入安格斯瞳眸。

汗珠從奧德莉下頜滑落，輕輕墜在安格斯腰腹上，他躺在床上，如同動物在交配前咬住雌性後頸強迫其臣服的行為，下意識緊握住了貼在腰側的大腿，將她禁錮在自己身上，不容她逃離分毫。

奧德莉不知他心中所想，反倒為穩住身形抓住了他結實的小臂。

她翹高腰臀，眨了眨有些濕朦朦的藍色眼眸，手撐著安格斯的小腹，摸過線條流暢的肌肉，穿過茂密黑色毛髮，握住了挺立從中鑽出抵在她腿根處的粗大肉莖。

炙熱韌硬的觸感傳入掌心，滑溜溜地貼著她掌心跳動了一下。

他東西太大，奧德莉一隻手難以圈住，頂端小口不經意擦過柔軟手心，在淺顯掌紋上滑開一道濕亮的水痕。

肉穴像是知道馬上要吞進這根硬物，縮動著吐出一股黏膩的水液。

她很少主動用手碰他的東西，安格斯見她神色坦然，似是被眼前這一幕蠱惑，不等她下一步動作，就已經喘著氣挺腰頂弄著她的手心。

奧德莉被他頂得身體搖晃，她分開兩指曲起指節夾住凹陷的冠狀溝，將亢奮的肉棒牢牢抓在手心，唇瓣開合，蹙著眉道：「別亂動……」

說著，膝移兩步跪在他腰側，將肉棒移到腿間，細腰緩緩塌落，軟熱肉穴壓上硬熱龜頭，瑩亮黏熱的豐沛汁水立刻從軟熟的蚌肉中擠了出來，一些順著腿根內側往下流，更多則是亮晶晶地流淌在粗大得恐怖的性器上。

奧德莉本以為這根東西會進入得很困難，可肉棒剛一頂開兩片唇肉，內裡綿密軟肉便焦渴地層層裹咬上來，毫不費力地便將頂部吞吃了大半。

水液從肥膩閉攏的紅靡肉縫中泌出，潤過肉冠溝凸顯的棱邊，順著皮下猙獰的青筋不停往肉莖根部流，連囊袋都被她的水液潤濕了。

煎熬欲望終於暫得緩解，奧德莉吸了口氣，被藥物迷得思緒遲緩地大腦在此刻做出了錯誤的決定。她鬆開肉棒，僅讓濕浪的穴口夾吸著碩大龜頭，一手撐著安格斯的腰腹，一手握著他的小臂，放軟腰身徑直坐了下去。

就在這時，安格斯忽然掐住她的腰往下一按，腰腹肌肉同時收緊發力，挺腰重重往上頂了一下。肉莖粗硬的棱邊生生頂開內裡一圈緊熱的肉環，一路碾平內壁軟熱的肉褶操到了宮口。

過度劇烈的快感和不容忽視的脹痛如爆裂火星在奧德莉身下炸開，她咬著唇，彷彿被雷電擊中般繃緊了腰身，但只一瞬，細腰又顫抖著軟在了死死禁錮著她的寬大手掌中。

細碎呻吟聲如被刀斬斷在喉頭，過了半秒，她口中才溢出一聲細啞的哭吟。甬道深處如同被硬物生生撬開，條件反射地將入侵物死死吮緊，白嫩肚皮上被性器頂出一個恐怖的形狀，似乎要把她的肚子給頂破。

實在太深了……只有這個姿勢他才能進到這麼深。

但更令奧德莉害怕的是，她能感覺到自己的臀部並未和安格斯胯骨貼合，說明他那根東西還沒有完全插進來。

奧德莉隔著朦朧水光看了一眼安靜被她騎在身下的安格斯，他眉目深邃，目不轉睛地盯著兩人的交合處，壓著奧德莉的大腿，再往上頂了一下。

「嗯——」奧德莉渾身發抖，難耐地呻吟出聲。

藥物令她的肉穴敏感無比，快感吞噬著她的理智，明知不可能，她卻想讓安格斯完完全全地把他的東西操進來。

「您覺得舒服嗎？」安格斯喘著氣問她，尾巴從她身後鑽進腿縫，令她大腿打得更開，將被操弄的靡浪肉穴暴露在空氣中，方便他插得更深。

他不等奧德莉適應，將肉莖抽出大半，像方才奧德莉含著他性器往裡吞那般，只剩半個龜頭堵在穴口，再次挺腰重重往下墜的子宮撞了上去。

精囊重重拍打在奧德莉臀肉上，發出清脆聲響，蕩得深處肉壁蠕動著晃浪。

安格斯是故意的，奧德莉後知後覺地意識到這一點。什麼進不去，他分明就是想讓她騎在他身上，看她含著他往裡吞的渴求模樣。奧德莉顫慄地咬住下唇，指甲掐入安格斯的手臂肌肉，聲線發抖，「別、呃嗯……別那麼深……」

安格斯坐起身，將身體發軟的奧德莉鎖抱進懷裡，來來回回去撞擊著那脆弱的宮口，「為什麼、嘶……」他吸了口氣，沉聲道，「您不喜歡嗎？」

他呼吸深重，腰腹處黑色鱗片時隱時現，一如他此時壓抑不定的情緒。

埋在奧德莉身體裡的長物一併動起來，粗硬棱邊磨過敏感的軟肉，甬道不停吸蠕著體內帶給它快慰的肉莖。

「您明明咬得那麼緊，像是要我射進您的肚子裡。」

安格斯伸出紅舌，重重舔去奧德莉眼角流出的淚珠，唇舌克制，身下卻是操得極凶狠，每一次都抽出大半，再狠狠碾進最深處。

肉眼所見濕亮充血的肉莖比身下感受到的更加可怕，紅腫粗大一根從白皙腹下鑽出來，帶出一灘濕滑的水液，再猛地擦過穴口，往她身體裡撞。

奧德莉低下頭就能看見自己的肚子是如何被他頂得鼓起、鮮明印出肉棒的形狀，隨後那根東西又是怎麼從她身體裡退出去。

他的東西比平常滾熱太多，操進來的感覺太恐怖又太舒服，只操了幾下，奧德莉便哆嗦著在他身上洩了出來。

溫熱水液澆在龜頭翕張的小口上，安格斯爽得喘息不停，他挺腰繼續往那小小的宮口處一下又一下深頂。

淫靡的抽插聲自交合處傳來，漸漸蓋過了嘈鬧的雨聲，奧德莉掐著安格斯的背，額頭無力地抵在他肩頭，「安格斯，唔……別、呃……等等……」

安格斯充耳不聞，他含住奧德莉的耳郭，又去舔她汗濕的細頸，鼻尖抵著她頸側血管，低聲道：「我能嗅到您身體裡發情的味道……」

他身上散發出一股極其恐怖的氣息，像是強悍凶猛的怪物第一次真正展露出的壓迫感，令奧德莉倍感陌生。

但他表現得又仍是馴順的，收著利齒害怕咬傷她，只用舌頭去舔她的身體。

他箍著她的腰，腹部貼上她的，感受著自己的性器在她身體裡進出。

尾巴緊纏在她身上，如同怪物守護寶藏，壓低了聲音問她：「我操得您舒服嗎，主人？有比他好嗎？」

被他這樣的怪物操過，人類瘦弱的身體還能滿足她嗎？

Chapter22

窗外飄風暴雨，電閃雷鳴，豆大的雨珠落在窗外，聲勢浩大，似要一夜間摧毀整座莊園。

屋內，立於牆角的最後一支蠟燭也燃到了盡頭，火芯被風撲熄，一縷白煙揚起，悠悠散入風中。

房間裡驟然暗下來，如同罩下了一塊看不見邊際的厚沉黑布。

悶雷轟隆，閃電照亮了房中被雨水打濕的石面地板，床邊圍落的紗簾上映照出一名身形高大的男人抱著女人操弄的晃動身影。

最後一抹光線的消失帶走了房中人視物的能力，只能感受到膚肉相貼的溫度和呼吸間歡好的淫靡氣味。

床簾四面封閉，淫液和精水的味道散布其中，厚重黏膩，不知道做了多久才能留下這般濃烈的麝香味。

華麗衣裙和黑色碎布凌亂堆在床腳下的血泊中，床上同樣一片狼藉。

奧德莉坐在安格斯身上，緊緊盤勾著身前閃著鱗紋的勁瘦腰身，大腿內側汗濕滑膩，腿心更是濕濘一片。

兩瓣肥軟唇肉中間插著一根粗碩得駭人的深紅肉棒，紅豔熟透的肉穴正興奮地流著水。

一個小時前這裡還緊窄得安格斯寸步難行，此時已經被操得只知道乖順地含著帶給它快感的粗實肉莖，浪水直流。

諾亞那種被調教得只知道在床上侍奉女人的騷貨用的藥也非比尋常，奧德莉在這幾十分鐘裡噴的水比這一個月都要多。

安格斯只需稍用點力，粗碩龜頭便能順順利利操到最深處。

肉穴迎合著放鬆張開，裡面軟滑層疊的肉褶被硬挺肉棱一寸寸抹平，爽得像是無數條舌頭裹住了他的粗硬肉莖。

安格斯粗喘著扣著奧德莉的腰，讓性器一路撞到深處那道濕軟的小口。

子宮微顫，肉壁似又高潮了一次般飢渴地吮咬住肆意入侵的長物，感受著野獸般巨大的陰莖帶來的劇烈快感。

而當安格斯將肉莖從那緊熱的穴道裡抽出來時，堵在裡面的淫水浪液便跟著抽出的肉根往外流，潤紅馬眼靡浪地翕張著，不知是在向外吐水，還是要將潤裹著它的水液吞回肉棒，吸入精囊裡。

奧德莉無力地靠在安格斯胸前，左手勾在他腦後，右手從他腋下穿過攀著他的肩背，如同巨浪來臨時一艘飄搖的帆船，被顛得上下起伏。

安格斯似是為了推翻她那句「他不如諾亞會服侍女人」的話，幹得格外賣力，肉莖深深頂開穴道，反覆碾磨著嫩軟的肉壁，的確爽得讓她頭腦發昏⋯⋯

安格斯操入抽出的速度又快又重，肉穴裡的浪肉不停收縮放鬆，往往才剛將硬挺粗實的肉莖吞進來，立刻又不捨地絞緊挽留。

安格斯呼吸沉重，低下頭將臉埋進奧德莉濃密的長髮中，深嗅了一口，淡雅的香味絲絲縷縷竄入鼻中，嘴唇隔著銀髮吻在汗濕的皮膚上，著迷般挪移著尋找著更多。

他的小姐依舊高高在上，但身下的騷穴儼然已經被他操透了。

對於奧德莉而言，這般激烈性交帶來的快感已經足夠，不過對於安格斯這樣的怪物來說，這僅僅只是個開始。

薄軟嘴唇黏在皮膚上似的，炙熱又磨人。緊緊壓在奧德莉脖頸上跳動的血管旁，感受著她跳動的脈搏。

安格斯咽了口唾沫，四顆尖利犬牙從唇瓣後探出，陷入柔軟膚肉中，緩緩加重力度往脖頸裡咬去。

他今夜瘋得不輕，野獸宣誓主權般，找到機會便在她身上咬一口，奧德莉脖頸上、手臂上，處處都是他啃出的印子。

察覺安格斯又控制不住要咬她，奧德莉立刻側過頭，顫著手熟練地抓著他腦後的黑髮往後拽，訓斥道：「……把牙、呃嗯……把牙收回去……」

安格斯豎瞳微斂，像是做壞事陡然被抓包，討好地舔了舔唇下的皮膚才克制著收回了牙齒。

但嘴唇卻依舊貼在她身上，察覺奧德莉放開了他的頭髮，重新將手搭在他頸後，又密密吻過她下頜匯聚的汗珠，伸出舌頭重重在她紅潤的臉頰上舔了一口。

頰肉被舔得微微變形，奧德莉瞇起眼睛，抬起豔麗濃烈的臉，眼神迷離地看向他。

她瞇著眼看了好一會兒，隨後伸出了濕紅的舌頭，壓著喘息聲，像是學著他的樣子，本能又極其色情地在他紅豔的薄唇上舔了回去。

舌尖舐進柔軟的唇縫，濃烈欲望在壓抑的金色瞳眸中翻滾不息，安格斯呼吸一滯，垂目定定凝視著她。

奧德莉好像察覺不到他壓抑著的情緒，只突然對他的嘴唇起了莫大的興趣，樂此不疲在他唇上舔舐。

手掌壓在他腦後令他低下頭來，垂著眼皮費力在昏暗環境中看他紅得像塗了口脂的嘴唇，低吟著，昂起脖頸去咬那抹鮮豔惹眼的潤紅色。

斷續難耐的呻吟聲融進安格斯耳中，唇上傳來的濕熱觸感輕柔到了令安格斯感到不真實的地步。

身下不停地傳出肉體拍打聲，奧德莉爽得不住細細哼吟，嘴上也因此吻得不深，只淺淺地含著他一片唇瓣，如同貴女興起時狎玩情人那般吻得極為輕挑。

但僅僅是這樣，也足夠安格斯放緩操弄的速度，低下頭任他的主人肆意在他唇上親吻。

金色眼瞳像是凝固在眼眶中，安格斯呆愣看了她好一會兒，在奧德莉躍躍欲試往他口中探時，忽然壓低聲音問道：「……您知道我是誰嗎？」

奧德莉挑起沾著細小水珠的眼睫看了他一眼，深藍雙眼像霧雨下的海面，勾起的狹長眼尾如一把精緻小巧的鋒利彎刃，漂亮得驚人。

「我看起來、嗯唔……像是喝醉了嗎……」她吮過他濕紅的下唇，勾進唇縫不重不輕地舔了一下，微微晃動腰身，吞吃著穴裡粗長的性器，不滿道，「還有……誰讓你停下的……」

安格斯聽了她的回答並不見多高興，反而沉下嘴角，手臂勾起她一條長腿，另一隻手掐著她的細腰重重操了進去。

性器頭部撞開窄小的子宮口，奧德莉身形一僵，抬手胡亂抓住他額前長角，咬唇吟叫了一聲。

修建得圓潤的指甲在寬厚的背肌上抓開幾道血痕，安格斯似是不知痛，越發狠重地往裡操弄。

「如果我沒有回來，您會這樣吻他嗎？」嘶啞如蛇蠍的聲音在奧德莉耳邊響起，安格斯低頭含著她濕潤的嘴唇，啃咬的力道又重又急。

他執意要與死人爭個高低，語氣陰沉得可怕，牙齒刺破紅潤唇瓣，吮食著溢出的鮮血，「又或者像騎在我身上這樣騎著——」

安格斯彷彿看見那副畫面浮現於眼前，金色瞳孔驟縮，他頓然止了聲，唇縫抿成平直一道線，黑色鱗片浮動於蒼白皮膚上，面容越發顯得陰鬱。

奧德莉幾乎被身體裡的肉莖奪去了所有注意力，根本分不出半分心神去回話。但依她的性子，即便能回答，怕也只會罵他一句「又在發瘋」。

很快地，她就被逼得不得不出聲。

纏在細腰上的尾巴突然動起來，異常靈活地在皮膚上游移，細細的尾巴尖自上而下鑽入兩瓣綿軟臀肉間，深深埋入了股溝中。

兩瓣臀肉軟綿綿擠壓著這堅硬細長的鱗尾，藉著濕滑水液，如同另一根截然不同的性器在她臀縫中上下鑽動起來。

發熱的尾巴尖時不時探到隱在臀縫中的那道細小粉白的縫口，趁機鑽進半個指節長的深度，引起一陣別樣的感受。

「別碰那裡……嗯……」奧德莉忽然出聲，她向後探出手，試圖抓住那條不安分的尾巴。

然而平時俯首聽命的安格斯唯獨在床上很少如她的意，奧德莉越是不讓他做什麼，他越要做什麼，像是故意要逼得他安靜沉穩的主人在床上出聲喚他的名字才安心。

此刻，他垂眼望向貼在胸膛處的肥膩胸乳，又將尾巴往裡頂了幾分。

乳肉上下晃搖著，乳尖摩擦著他的胸膛，甩開陣陣淫浪的乳波。

他看了一會兒，忽然低頭含住了一隻，聲音模糊道：「它不聽我的，小姐……」

奧德莉下意識抬手抱住埋在胸前的腦袋，眉心深攏，他這番搪塞之語太不要臉，害她想罵他都不知要用什麼詞。

往後穴裡鑽的尾巴令她驚惶，胸前、身下的快感卻綿綿密密纏勾著她，叫她幾乎捧著乳肉讓安格斯含吃。

奧德莉閉了閉眼，迷糊地想——給她下這般猛烈的藥物，諾亞確實死不足惜……

可她看向身前漆黑的頭顱，忽然又覺得，好像不只是藥物這般簡單……

柔韌長舌包裹住熟透紅腫的乳尖，輕輕吮吸，飽脹的奶水便泌入了安格斯口中。奶水在乳房裡被溫得香膩甜熱，然而他並未吞下去，反而含著甜膩的奶水，繞著柔軟豔紅的乳暈用舌頭舔舐起來。

溫潤的奶水緩解了舌面帶來的刺痛感，卻也令奧德莉招架不住這種別樣的快感。

她胸前兩處敏感得可怕，根本經不住安格斯這樣舔弄，插在他髮間的手指都蜷了起來。

安格斯邊吸邊舔，等到再吮吸不出更多時，才從唇縫裡吐出軟熱的奶尖，將乳汁咽入喉嚨。

炙熱呼吸灑在乳尖上，引得那粒小巧紅豔的熟果顫慄不止。

另一團白膩的乳肉被安格斯張開五指抓入手中，食指按著頂端殷紅硬挺的乳尖，手掌輕輕抓揉，長指便深深陷入了柔軟的肥膩的脂肉。

安格斯險些被肉波晃迷了眼，白濃的奶水不斷從從舔開的乳孔裡泌出來，如同泉眼，汩汩奶泉四散流著淌落至乳暈上，被他發現，便張開嘴一口吸入口中。

等到再吸不出東西時，他伸手將兩團乳肉捏在一處，用舌頭不停拍打著軟紅的乳尖，兩隻手掌擠壓著肥膩乳肉，像是這般刺激下奧德莉便能再產些奶給他喝。

他嘴上忙碌，身下也沒停過。

肉莖操得軟穴裡的水液流得到處都是，臀瓣、柔嫩的大腿內側濕膩一片，就連安格斯腹下毛髮也是濕淋淋的，操弄時陰囊拍打著臀肉，水液飛濺，像是奧德莉爽到在他身上尿了一般。

卡在臀縫裡的尾巴一點一點地鑽入同樣柔軟濕熱的後穴，埋在前面的粗碩肉根重重磨過柔軟肉壁上的敏感處，也同樣想方設法地往宮口裡頂。

安格斯並不知道那是什麼地方，卻能感覺到那處有一個小而窄的口，在肉莖的操弄下一點點變得軟熱非常，勾引著他進到裡面去。

和那淺淺吸住尾巴的後穴一樣吸引人……

奧德莉攀著安格斯的肩背，呼吸越發急促，她察覺了安格斯的意圖，卻因為藥物作用只想晃著腰索取更多。

鱗尾借機深深沒入後穴，順著肉棒操弄肉穴的頻率一併甩動著往裡撞，兩根粗長的東西隔著體內一層軟肉同時操進身體裡，奧德莉口中溢出哭音，爽得呻吟聲斷斷續續，全身都軟在了安格斯身上。

後穴毫無阻擋，細細尾巴尖鑽入後，緊接著的是越發粗大鱗尾，奧德莉身下兩張穴口都被頂開到極限，穴口薄薄一層粉紅肉膜裹著他的東西，可安格斯卻還在將兩根東西往更深的地方頂。

奧德莉哭叫著瑟縮起來，「別、別進那麼深、呃啊……嗯……」

安格斯像是聽不見，單手擁著她，另一隻手揉捏著她軟翹的臀肉，五指陷入軟臀烙下指印，擠壓著埋在後穴裡的尾巴。

快感綿密強烈，安格斯箍著奧德莉，發了瘋似地往她身體裡頂。兩張肉穴咬著抽動的肉莖，一時絞緊一時放鬆，奧德莉全身都不由自主地顫抖起來，儼然已快到高潮。

金色豎瞳急劇變換著，安格斯騰出一隻寬厚手掌，壓著奧德莉被肉棒頂得凸起的肚皮，和肉穴裡粗碩的龜頭一起擠壓著中間那塊皮肉。

後穴裡的尾巴藉著前穴操出的水液在後穴裡同進同出，擠得前面的肉莖將肚皮頂得更顯。

「別、啊……不，不行……呃嗯……」奧德莉恐懼地去拉他的手，只覺身下湧出一股極其明顯的尿意，「安格斯、嗯啊……鬆、鬆手嗚……」

安格斯充耳不聞，像是故意要逼得他的主人在他身上爽得失態，死死盯著下方絞緊的穴口，看著自己的肉莖是如何在那小口裡操進操出。

他清楚地看見自己每往裡深操一下，肉穴便將留在體外的根部多吃入一分，咬住他肉莖和尾巴的兩個濕熱肉穴也縮緊一分。

奧德莉嗚咽著咬住他的肩膀，指甲陷入尾部鱗片層中，洩憤又惱怒地掐弄著鱗片下柔軟敏感的皮肉，哭叫著，「放開！安格斯、呃……嗯……」

這樣野蠻的操弄即便是妓院最成熟的妓女也承受不住，更何況經驗全來自於安格斯的奧德莉。

粗糙的大掌重重壓著她的小腹，粗碩的龜頭不停撞擊著掌下按壓著的肉壁，暴漲的尿意逼迫著她所剩不多的神智。

忽然，奧德莉張嘴重重咬住了安格斯的肩膀，抬手胡亂抓著他額上的黑色犄角，小腹收緊，腿根顫抖著尿在了他身上，「嗚……嗯……」

她憋了太久，哭音顫顫，纖瘦肩背如雨中芭蕉葉顫慄不止，尿液也是斷斷續續，清透的尿液洗刷著安格斯緊實的小腹，一縷一縷地往外流，像是被他完全操壞了。

可在她尿出來時，安格斯大掌仍重重壓在她腹前，穴中肉莖更是不曾停下，反而抵著那處敏感的地方更加用力頂撞。

奧德莉說不出話，口下卻是咬得狠，牙齒深深陷入安格斯側頸皮肉，濃烈的血腥味散入空氣，血液順著長頸蜿蜒流下，脖頸上那道觸目驚心的長疤再次變得鮮血淋漓。

安格斯不停，奧德莉便用牙齒在那咬破的傷口裡抵磨，可安格斯越操越重，她卻逐漸失去了力氣。

銀髮散亂地貼在汗濕的脊背上，身軀顫動，似一截纏繞青木的絲藤。

埋在深處的性器被淺淺操開的子宮口吸得發麻，那處小得不可思議，安格斯額角薄汗濕透，不顧高潮失禁的奧德莉，仍在一言不發地往裡操。

奧德莉漸漸連攬著他的力氣都沒有了，指甲劃破他的背，從喉嚨中斷斷續續擠出幾聲變調的呻吟，被迫承受著安格斯帶來的強制快感。

「小姐。」操弄了幾十下後，安格斯忽然低喚了她一聲，聲音很輕，像是夢中喃喃出聲，奧德莉幾乎沒聽見他的聲音。

龜頭粗硬的棱邊頂開痠軟的子宮，堅硬的胯骨驟然撞上臀肉，奧德莉瞳孔猛縮，脊背僵直，眼淚立刻就從眼眶裡掉了出來。

身下肉穴瘋狂痙攣縮緊，奧德莉無法形容這種感覺，就像她身體某處不能觸碰的地方被安格斯野蠻原始的操弄頂開了，一瞬間，疼痛、痠脹和劇烈的異樣快感順著尾椎一路攀升至頭皮，燒得她指尖都發麻發軟。

奧德莉嗚咽著，聲線顫抖地罵道：「出去……滾、滾出去，呃……嗚……」

她沒看見，血紅色在那一瞬間覆滿安格斯整隻金色虹膜，他身後尾巴鱗片炸開，被奧德莉身體裡完全陌生的領域裹吸住的快感讓他一瞬間完完全全失了人智。

埋進深處的龜頭被四面八方的軟肉絞緊，扣著敏感的冠狀溝，柱身被蠕動的甬道條件反射地吸咬住纏緊，濕熱水液如同水泉潤濕了他。

安格斯喉中溢出野獸般的吼聲，大力地操幹著那首次到訪的嫩軟子宮。

他每一次退出都只拔出一半，留一個無法閉攏的小口用肉菇堵住，再頂開宮口將龜頭完全沒入其中。

堅硬龜頭摩擦子宮內壁上的媚肉，別樣緊緻的快感吸得安格斯尾巴根都發麻，他握住奧德莉兩條大腿，像是瘋了般去操她身下兩處可憐顫抖的肉穴。

奧德莉如同被剝去硬殼的蚌，短暫地露出裡面白皙、濕而軟的嫩肉來，紅唇被她自己咬出了血，她掐著手下硬實的肌肉，哭吟著縮在他身前，顫抖著無意識地又一次達到了高潮。

根部肉刃緩緩生出倒勾，一點一點牢牢將奧德莉釘死在性器上，滾燙的精液噴射在敏感痠軟的子宮中，一股又一股，連續不停，「唔、主人……」

奧德莉哭叫著想躲，卻無處可逃，只能顫抖著蜷進他懷裡，被安格斯牢牢按在性器上強硬射精，嗚咽哭吟著被迫延續高潮。

「滾啊！出去、呃嗯……嗚……我要殺了你……」

奧德莉可能都不知道自己在說什麼，或許她只需說一句求你，安格斯便能從魔境中陡然清醒過來，可她生來高傲，即便被操得神志不清也不懂示弱，求人的話也是半句也沒說出過口。

奧德莉在一片模糊的意識中，感覺到體內的那根東西終於變得些許疲軟，可即便如此，卻還牢牢卡在她濕滑的穴道裡。

龜頭被子宮咬死，肉冠被宮頸口牢牢卡住，半硬不軟的東西前前後後緩慢往裡抽弄，安格斯抱著她的腰，用鬢角去磨她的髮頂。隨後，一股遠比精液更強勢的水液猛地噴射在了奧德莉敏感的子宮裡。

水液沖刷著內裡射入的精液，奧德莉顫抖嗚咽著，被燙得肉穴顫慄，她花了好一會兒才遲鈍地意識到源源不斷噴射在自己體內的是什麼，根本不是精液，而是安格斯在她身體裡尿了出來。

滾燙強勁的尿液不斷噴打在子宮內壁上，整個肉穴顫抖痙攣著將射尿的肉莖咬緊，深處噴湧出一大股淫水浪液，但也只是徒勞地被粗碩的肉棒堵在肚子裡。

肚子逐漸鼓起來，被多得可怕的尿液射得脹如孕婦。

奧德莉整個人蜷在他身前，渾身上下都在抖，肉穴更是顫得不停，蔚藍雙眼被淚水打濕，快感猛烈到令她幾乎感到了瀕死的感受，口中來來回回地含糊罵著要殺了他、叫他滾。

然而雙臂卻本能地攀附在安格斯的身體上，如同一個嬰兒似地發起抖來。雷鳴電閃，滂沱暴雨也蓋不住房裡可憐的哭吟和嗚咽聲。

安格斯似是終於被這哭聲換回了神智，他看著奧德莉，瞳孔一瞬擔憂地縮緊了。

他從沒有見過他的小姐哭成這樣，淚珠一顆接一顆，像串線的珍珠順著臉龐往下淌，肚子脹得頂著他的小腹，胸前泌出白濃奶水，狼狽又美麗。

安格斯射尿有一分鐘之久，可見她這樣，肉棒不僅沒退出，還牢牢卡著她的宮頸口不讓射進去的東西流出來。

無論是精液還是尿液，全都堵在脆弱敏感的子宮裡，任他的小姐埋首在自己肩頭，聽她哭咽著斥罵他的聲音。

像是孕婦，只是操得她懷孕和吸腫她紅豔乳尖的都是同一個人罷了。且除了他自己，無人知道安格斯是真的失了神智還是故意用尿液將他的主人射得如同孕婦。

子宮裡飽漲的淫水尿液脹得奧德莉直哭，但她已沒有半分力氣從釘死的肉莖上離開。

安格斯溫柔地擁著她，瞥了眼地上冰冷的屍體，竟然繼續在她身體裡抽動起來，精液和尿液一併從交合處流出，奧德莉顫抖不止，聽著耳邊喚她「主人」的嘶啞聲音，在新一輪開始的操弄中，逐漸失去意識。

此夜風雨如磬，一夜未休。

Chapter23

暴雨肆虐一夜，晨曦自海平面緩緩升起，越過甦醒的城堡、街道，照進了靜謐的斐斯利莊園。

經過風雨摧殘，精心看顧的花園已變得面目全非，圈圍花圃的矮木欄被吹得東倒西歪，殘花斷莖半埋入泥，入目之處皆是一片狼藉。

熹微曙光自天際傾洩，落在花園裡忙碌的僕從身上，汗水從額頭滑落，在場的人卻感受不到一絲暖意。

空氣安靜得壓抑，僕從們舉著鐵鍬圍在一個長圓的深坑前，鏟著身後高高堆成土包的濕泥，一鍬一鍬將中間不久前挖開的洞填平。

花泥被雨水浸得濕軟，泥土混著凋零的花枝撒入半人深的坑底，赫然可見坑中濕泥裡埋著一具破敗的屍體。

身形纖瘦，面容慘白，正是昨夜死於安格斯刀下的諾亞。

僕從機械又熟練地鏟著土，臉上雖有懼意，卻不見驚色，顯然對埋屍這件事早已習以為常。

斐斯利父子在世時，多得是在床上被折磨致死的年輕男女，這麼多年來，填入後院作花泥的屍體少說也有二十具。

埋在鮮有人途經的陰暗角落，養活了不知多少繁茂花草。

而這個不久前才來到莊園的少年，除了脖頸上一道刀口，身上並無其他淤青傷痕，死得還算體面。

濃厚腥冷的血味蓋過了雨後清新怡人的空氣，安格斯垂手站在一旁，冷眼看著諾亞的身體一點一點被黑泥覆蓋，不知在思索什麼。

僕從在埋了屍體的泥地表面移種上新的花草，插上供藤曼攀爬的圍欄。

透亮暉光從遠處緩慢挪到安格斯腳下，他突然想起什麼似的，抬目看了眼已高懸長空的羲陽，而後神色微變，轉身大步離開。

今晨天快亮時，安格斯抱著累極熟睡的奧德莉去了另一間乾淨的房間沐浴休寢。

此刻他走進房間，奧德莉已經醒了，她長髮未挽，似是剛醒來不久，正靠在床頭閉目養神。

安娜站在她身邊，彎腰替她揉按著額穴，低聲同她說著什麼。

奧德莉面色不太好，眉心微蹙，有些疲憊，白淨皮膚透出不健康的紅潤氣色，像是染了寒症。

無怪乎此，昨晚開著窗放縱了大半夜，寒風涼雨裹著滿身濕汗，再健康的身體也要病倒。

安格斯早上替她沐過浴，上了藥，天光透著霧時就請來醫者看過，那時她睡得尚沉，還不知道。

此時後廚正溫著藥，就等她醒來喝。

安格斯看見奧德莉後，並沒有出聲，似是怕自己一身血氣唐突了她，站在離她不遠不近的地方，靜靜望著她。

安娜眼角掃到他的身影，正準備出聲通報奧德莉，卻見安格斯朝她搖了搖頭，表示不要出聲。

安娜心領神會地點點頭，當作沒看見他，繼續動作輕柔地替奧德莉按穴解乏。

奧德莉腰後墊著軟枕，時而問一句，安娜答一句，不知是身體不適還是別的原因，眉心自醒來就沒舒展過。

搭在被子上的手白如霜雪，青細筋脈自微曲的指節延伸至袖口掩住的細腕。白紗衣袖花紋精緻，指甲嫣紅，高貴富麗之餘，整個人顯出幾分無力的病弱感。

似一枝被摧殘的豔麗玫瑰。

「諾亞房間裡搜出什麼東西了嗎？」奧德莉開口問道。

聲音低啞，如微風卷拂過細沙，很輕，顯然昨夜放縱傷到了嗓子。

安娜點點頭，思索著慢慢回道：「除了一些尋常用物，有一封還未寄出的信和一小瓶……香膏。」

「香膏？」奧德莉疑問道。

安娜應了一聲，觀察著奧德莉的神色，斟酌著回答：「聞起來有香味，但不是尋常香膏，請來醫者驗過，說是那種不乾淨的藥，有、有催情的功效……」

安娜說完，羞赧地眨了下眼睛，面上有些紅。

奧德莉似是想到什麼，眉心攏得更深了，沉默片刻，又問：「那信呢？」

聽見奧德莉的話，安娜下意識看了門口的安格斯一眼，像是有些怕他，不自覺壓低了聲音：「信，交給萊恩管家了——」

奧德莉兩道長眉緊斂，明顯不想聽見這個名字，她輕輕拂開安娜的手，「嗯，知道了。」

安娜收回手局促地站在一旁，睜著雙圓潤的大眼睛看了一眼奧德莉，又偷偷看了眼站在門口的安格斯，猜想著待會兒夫人若是發現管家一直站在這兒該是怎樣的態度。

也不知道會不會惱她沒及時通報……

自進門起，管家的神色便十分平靜，眼睫微垂，目不轉睛地望著靠在床頭的夫人。

安娜總覺得管家不似表面看起來那般沉靜，只是她閱歷太淺，看不透對方深藏的情緒。

如果是奧德莉，見他這樣，便能一眼辨出他此時就像是一隻發過瘋又恢復清醒、意識到接下來會面臨懲罰的不安犬隻。

安格斯修長脖頸上那道猙獰的疤痕上烙了一圈醒目的牙印，齒痕深深，傷口處血痂凝固，十分扎眼。

無需多想，安娜也能猜到那是奧德莉夫人咬出的齒印。

因莊園裡除了夫人，安娜實在想不到還有誰管得住這位陰鬱可怕的萊恩管家。

聽見奧德莉明顯不耐煩的話，安格斯的表情才終於有了點變化。

他提步朝奧德莉走去，低喚了一聲：「主人。」

嘶啞嗓音猝然響起，似砂石砥礪刀劍，打破了房中的靜謐氣氛。

奧德莉揉著額角的手一僵，睜眼轉頭看向他，冷厲視線落在他身上，湛藍雙目此刻如同淬火寒冰，飽含沉默壓抑的怒火。

安格斯像是察覺不到奧德莉針對他的怒意，面色如常地朝她走去，低聲道：「您晨時有些發熱，醫者診治後開了一副藥，現在正在後廚——」

不等他說完，一盞燭臺忽然迎面朝他飛來。

安格斯像是料到如此，他停下腳步，沉默站定，任由燭臺砸在他身上，結結實實地承受了來自奧德莉的怒火。

銀制燭臺分量不輕，重重砸在他肩頭，似透過皮肉撞到了骨頭，發出短促的沉鈍聲響，又砰一聲摔落在堅硬的石面地板上。

燭臺在地上滾了兩圈，徐徐停在兩人之間。

霎時之間，房間裡沉寂得驚人。

奧德莉極少在人前動怒，更遑論動手傷人，且還是家中管家。

安娜被她瞬間爆發出的凌冽氣勢所震懾，身軀一顫，愣愣地看著她，而後反應過來似地後退半步伏跪在地上。

她雖不知夫人為何震怒，卻能猜測個大概。

今晨天色未亮時，管家抱著夫人從房間裡出來的畫面她仍歷歷在目。

萊恩管家吩咐洗浴用的水是她燒的，諾亞的屍體是今早當著她的面從房間裡抬出來的，夫人的房間也是由她安排女僕清掃，床上枕被更是她親手換下。

她已經習慣服侍夫人衣食起居，是家中除管家之外，夫人身邊最近的人，因此管家和夫人的事她知曉得最清楚。

但即便知道兩人關係匪淺，今早打開房門見到的凌亂場面卻仍舊令她感到驚心。

她本以為管家一直以來才是床上「受罪」的那方，但觀夫人此刻的態度，好像並非如此。

房間陷入了一陣詭異的靜謐中。

陽光越過窗櫺照在安格斯頎長身軀上，光影將他分割成兩半，上半身隱入陰影，下半身落在光中，一如他此刻叫人辨不清楚的思緒。

他往前走入光下，淺色暉光映入金瞳，琉璃似的透澈一片。

他看著奧德莉深斂的眉眼，默不作聲地彎下腰，將燭臺撿了起來。

見他此番行為，奧德莉眉心卻並未舒展半分，觀她神色，反倒像是因安格斯沉默不言的態度而越發憤怒。

奧德莉看著他朝自己走來，他腳下不過行了半步，奧德莉便轉過了頭，絲毫不掩飾厭煩情緒，壓著聲音道：「滾出去！」

吼得急了，她捂著嘴輕咳了幾聲。

銀色髮絲在肩頭細細顫動，潤紅霞色頓時在她白淨的皮膚上鋪散開，安格斯甚至能看見她寬鬆敞開的衣襟下青紅的印痕。

病弱之態並未折損她威嚴半分，浮在空氣中的細碎灰塵似都因這句話震顫了一瞬，安娜更是伏趴在地面，大氣不敢出。

安格斯遂又停了下來，目光擔憂地看著她，卻也只是停下腳步，並無半點「滾出去」的意思。

他安靜了兩秒，對安娜道：「去把廚房裡煎著的藥端上來。」

安娜驚於安格斯的膽大妄為，又被房間裡緊張的氣氛壓得喘不過氣。此刻聽見吩咐，顧不得太多，忙爬起來往門口衝。衝了兩步，又想起什麼似的，停下來朝奧德莉匆匆行了個禮，提著裙襬貼著牆角遠遠繞過安格斯跑了。

屋中再次沉寂下來，晨午秋日自精雕木窗斜照入房間，然而清晨花園裡的冷霧好似浸入了安格斯骨縫裡，令他遍體生寒，感受不到一絲暖意。

他的視線一直凝在奧德莉身上，此刻能聽見他的小姐因情緒不穩而稍顯急促的呼吸聲。

安格斯緩緩朝她走過去，似是為了打破寧靜，開口道：「安娜膽小性急，做事急躁，您要不要換一個人在身邊服侍？」

奧德莉不說話，只冷漠看著他。

安格斯只當看不見，繼續道：「這些年宮廷往各大世家的家中插了不少眼線，前不久我都已發賣了，莊園裡正是缺人的時候。如果安娜不如您的意，我便再尋兩個懂事的人到您身邊跟著。」

安格斯極少一口氣說這樣多的話，這些小事往常哪見他向奧德莉稟告過，無非是沒話找話，想求他的小姐理理他。

只是他昨夜所作之事並非簡單服個軟就能獲得原諒。

奧德莉一想到他在自己體內肆無忌憚地射了一通髒濁的尿液還不肯停，殺了他的心都有了。

她此時渾身處處痠痛無比，小腹沉墜，連下床都難，雙腿幾乎一夜未合攏過，稍動一下便是筋肉牽扯的疼痛。

更別說中間那飽受一夜操弄的肉穴，清涼藥膏也緩解不了腫脹刺痛感，穴中隱隱見了血。

她甚至記得昨夜在浴桶裡迷迷糊糊醒來時，清透尿液混著濃白濁液從合不攏的肉洞裡流出來的感受。

安格斯擠在她身後，就著沐浴的熱水將那東西又插了進去。那個時候的她，十足像個被男人用來洩欲的妓女。

記憶翻湧而出，奧德莉越發氣急，她不由得自嘲，即便是低賤的妓女，怕也不會接一晚上的客。

「諾亞的屍體已經處理了，那封信我看過，沒寫什麼要緊事。藥膏密封住了，和信一起放在了您的書桌上。」安格斯走近，輕輕將燭臺放在床頭，仔細觀察著她疲倦的臉色。

他喉結微動，見奧德莉執意不搭理他，沉默半晌，終是忍不住開口問道：「您身體還難受嗎？午後身上還需換一次藥，您……」

啪！

奧德莉抬手甩了他一巴掌。

Chapter24

安娜端著藥進房間時，只覺屋內氛圍依舊壓抑，甚至有越演越烈的趨勢。

安格斯垂手站在床邊，低頭看著奧德莉，像是用視線在描摹她豔麗的面容，又像是單純可憐地在挨訓。

奧德莉臉上仍是不加掩飾的怒色，並未顧及安娜在場，冷聲斥道：「這莊園裡只有你不如我的意，不如你自己痛快些從我面前消失。」

安格斯不說話，只垂眼看著她，眼底有淡淡的青色，想來是一夜未睡，此時呆站著，像一尊受了傷卻不會言語的雕塑。

安娜聞此卻是大吃一驚，不由得腹誹，到底管家做了些什麼，不僅沒能哄得夫人消氣，反倒惹得她怒意更盛。

她端著藥，步子放得緩而輕，一邊注意著兩人的動靜，一邊斂聲屏息地往裡走。等她走近後，才發現奧德莉與安格斯之間遠不如她看見的那般「和睦」。

管家白淨的左臉上有一道指痕深重的巴掌印，小半張臉都泛開了紅色，隱隱可見纖細的指痕，顯然不是他自己打的。

安娜震驚地睜圓了眼睛，很快又回過神，收回冒犯打量的視線。

她自覺地走到安格斯身側，低著頭將藥遞給他，裝作什麼也沒看見。

等安格斯接過藥，她一句話未說，拿著托盤跑門口守著去了，順便將門關了個緊緊實實。

門扉閉合聲傳來，不遠處看守的侍從好奇地往這邊打探了一眼，被她惡狠狠給瞪了回去，伸手做了一個抹脖子的動作。

房內，安格斯手持藥碗，望了眼奧德莉病紅的臉龐，舀了一勺藥吹涼送到她唇邊。

「小姐。」

奧德莉偏頭避開，眼中說不出是怒意還是厭煩更多，她抬手拂開盛著藥汁的瓷勺，聲線沙啞冰冷：「滾──」

她唇上還有安格斯昨夜咬破的傷口，已經結了痂，然而方才一吼，又溢出了絲絲縷縷的血液，鮮紅順著唇紋溢開，她下意識抬手按住疼痛的地方，眉心微蹙。

藥汁順著安格斯蒼白的手指滴落，浸透了棉被，弄髒了地板。

湯藥苦味濃厚，絲絲縷縷竄入鼻尖，濃烈的黑褐色宛如潑開的油墨，在手背和指頭上烙下了大片暗色的痕跡。

安格斯彷彿沒有感覺，他沉默地放下碗，將瓷勺放回碗中，掏出手帕擦乾淨床被和手指，而後毫無徵兆地抓住了奧德莉的手。

奧德莉斂眉看向兩人交握的手，試著將手抽回來，卻沒有成功，她不耐煩地道：「你又想做什麼？」

安格斯彎下腰，將臉湊到奧德莉面前，顴骨碰上她微微發燙的指尖，黑色短髮下金瞳半掩，下意識地用臉在她指腹上蹭了一下。

他沉聲道：「如果打我能讓您消氣，您就打到舒心為止……」他頓了頓，繼續道，「只是身體為重，藥不能涼了再喝。」

奧德莉簡直要被他氣笑了，細指抵著他的下頷令他抬起臉，冷怒視線刺向他淡然的面容，「你這樣說，是認為我不會打你？還是捨不得打你？」

安格斯目不轉睛地看著她，剛想說「不是」，臉上就又重重挨了一巴掌。五指落在之前被扇得泛紅的掌印上，響聲清脆，未收半點力。

「滿意了嗎？」奧德莉聲線冰冷道。

安格斯絲毫未躲，甚至頭偏都沒偏一下，彷彿落在臉上的不是一個巴掌，而是一陣清風。

躬著的脊背像一截壓彎的青木，透著股孤獨悲涼的脆弱感。

同時，卻也冷硬得不可扭曲。

安格斯閉上了嘴，明白他的主人並不是真的在問他，於是他垂下眼瞼靜靜等待著，然而過了良久，卻遲遲沒有等來下一掌。

奧德莉並不喜歡以無謂的暴力解決問題，更何況是無法簡單地用暴力馴服的安格斯。

白皙手掌從安格斯的視野退離，他抬起眼睫，見奧德莉用一個十足冷漠的眼神看著他，「之前成功了幾次，你便覺得以這副姿態脅迫我，就能如你所願地得到你想要的一切？」

安格斯搖頭，他俐落地單膝跪下，又將擱在一旁的藥碗端了起來，瓷勺靜靜搭在碗沿，碗中微微蕩開一縷細小波浪，轉眼又消失不見。

他微仰起頭看著奧德莉，脖頸上交錯的新舊傷痕暴露在空氣中，一圈血紅的牙印好似訴說著他昨夜的罪過。

緊抿的唇縫微微鬆開，安格斯面上露出幾分不易察覺的擔憂之色，他嗓音乾澀，「算我求您，身體要緊，喝了吧。」

奧德莉發低燒不只由昨夜天寒出了身熱汗引起，那催情的藥物同樣「功不可沒」。

那種藥做得再精細對身體也沒什麼好處，藥效不除，便退不了熱。

醫者囑咐藥需趁熱服下，安格斯心裡便一直惦念著她醒來要喝藥的事。

奧德莉低燒一時不退，他便一時不得鬆懈。

挨幾巴掌對於安格斯而言無足輕重，此時就算奧德莉要在他身上劃幾刀洩憤，他也能忍著痛面不改色地伺候她喝藥。

奧德莉低眉看了他好一會兒，長髮些微凌亂地散在身側，她似乎在判斷他這番話是出自真心還是假意。

安格斯等到感覺手裡的藥都明顯涼了幾分，才聽見他的小姐緩緩道：「你那番行徑，我倒以為我死了更讓你順心。」

語氣並不寬容，而是帶著譏諷。

安格斯倏然抬目凝視著她，擰著眉，神情嚴肅，「請您別說這種話，您不會死，我也不會讓您死。」

奧德莉只是譏笑，好在沒有要故意傷害自己的意思，她一把奪過安格斯手裡的藥，皺著眉兩口咽了。

吞咽聲響起，她把藥碗扔在桌上，指腹擦了擦嘴角，冷聲道：「你可以滾了。」

安格斯看著一飲而盡的空碗，並未起身離開，他抿了下唇，放低了聲音，「您……要如何才能消氣？」

奧德莉瞥了他一眼，實在不想再與他廢話。

她掀開被子，忍著痠痛從床上爬起來，正欲出聲喚安娜，就見方才跪著的人立刻無聲無息地站起來攔在她身前。

高大的影子將她完整罩入其中，奧德莉抬頭看著安格斯，清楚地意識到了兩人之間絕對的力量差距。

她光腳踩在地上，目不斜視地準備繞過他，可剛與他擦肩，一隻長臂就直直擋在了她身前。

奧德莉皺眉，「讓開！」

安格斯好似知道她要做些什麼，看了眼她踩在冰涼地面的白皙雙腳，眉頭擰得比她還緊，握著她的腰將她抱回床上，盡量柔和地勸道：「您身體未癒，不宜操勞。」

奧德莉不等坐穩，忍著身體痠痛抬腿便一腳踹了過去，她怒視著他，「你當真要以下犯上！」

「您還在發燒……」安格斯低聲道，語氣中幾乎可聞見哀求之意。他雙手撐在奧德莉身體兩側，將她鎖死在身前。

奧德莉前世因體弱過勞而亡，在那漫長孤寂的七年裡，這件事幾乎長成了安格斯一個無法拔除的心病。

牢牢扎根血肉中，想一次便痛一次，害怕的情緒如同不可醫治的絕症糾纏著他。奧德莉健康就罷了，一旦她稍有病痛，他便整日惴惴不安，一刻不得安寧，恨不得以身替她，哪怕以十倍百倍的代價。

他主人的性子他太過清楚，此時放她離開，她換身衣服，許是飯都來不及吃便要跑去處理諾亞的事。

若是她因此病情加重——安格斯閉了閉眼，他甚至開始後悔殺了諾亞，惹出一堆讓她心煩的爛攤子。

奧德莉看了眼安格斯青筋浮現的手，譏諷道：「看來你今日是不會讓我出這個門了。」她打量著他的神色，繼續刺激著他的神經，「還是說你要把我關在這，做你的奴隸？」

安格斯跪在她身前，仰頭看著她，聲音嘶啞地辯解道：「不是的，小姐……」

他言行如此不一，哪能叫奧德莉信服。

自重逢那日起，她便料到或許早晚有這一天，安格斯的馴服不過在表面，實際上她並無任何能真正牽制他的把柄。

安格斯能在夜裡肆無忌憚地幹她，自然也能在白天將她鎖在這屋子裡，哪裡也去不了。

他不懼生死，不慕錢財，背後還有一個城主。

奧德莉冷笑一聲，比起無足輕重的諾亞，鋒利趁手的安格斯或許才是宮廷裡那位更在意的人。

她語氣涼薄，隱含幾分自嘲之意，「倒是我眼拙，識人不清，看錯了你，也高估了我自己。」

安格斯瞳孔一縮，胸口像被插了一刀，血淋淋地泛起疼來，他握著她的手，語氣難得地變得急切起來，密濃的睫毛顫了一下，「我從未這樣想過……」

奧德莉看著他，怒極到頂峰，頭腦忽然反而像被澆了盆冰水，奇蹟般地冷靜下來。

她想起諾亞，想起斐斯利父子，又想起遠在宮廷中不知是否得知消息的城主。

她離世七年，安格斯這期間一直聽命於城主，比起身為人類的她，同為怪物且權力至高無上的城主才更像是他如今的主人。

思及這一層，奧德莉心中忽然冒出了一個猜測，她冷靜地看著安格斯，問道：「城主知道諾亞死了嗎？」

安格斯愣了愣，沒明白她為什麼突然問起這件事，但仍乖乖回道：「不知。」

「你如何得知她不知？」奧德莉極輕地扯了下嘴角，銀髮掉入他頸側，她眸中卻不帶一絲笑意，「萊恩，你如今……究竟是在為誰做事？」

Chapter25

頭次藥熬得重，再加上昨夜過度疲憊，奧德莉在房間裡用過飯後，很快便抗不住襲來的睏意，慢慢睡了過去。

她先前斥問安格斯那番話似乎並不為一個答案，聽見安格斯蒼白的辯解，奧德莉也只是神色冷漠地看著他。

他的主人已經在心裡判定了他不忠的罪名，安格斯深知這一點，於是他默默地住了口，不再徒勞解釋。

他出門，叫人送上來備好的餐食，女僕端著杯盤進進出出，感受到屋內壓抑的氣氛，皆頷首低眉，噤若寒蟬。

奧德莉不讓安格斯近身，只要是他遞上來的東西，她碰也未碰便叫人撤下。偌大的房間裡，她唯獨視他為無物。

眾人不知發生了什麼，只覺奧德莉心思難測，昨日還帶在身邊的人今日便又厭棄了。

只有安娜知曉一二內情，侍候得無比周到。

安格斯明白他的主人正在氣頭上，沒敢再湊上去，卻也不肯離她太遠，像塊石頭般立在離她幾步遠的地方，默默看著她。

等用完餐，奧德莉翻著書靠在床頭睡著了，安格斯才敢走近，肆無忌憚地凝視她的睡顏。

安娜小心翼翼地扶著奧德莉躺下，聽見身後傳來的腳步聲，識趣地退開，將位置讓給他。

安格斯彎下腰，理了理被子，動作輕柔地從奧德莉手裡取下書，放在她枕邊，而後就這樣一動不動地盯著她。

管家盯著家中掌權的夫人看，無論誰見了都要惹得非議，偏偏安格斯做得如此理所當然，令安娜覺得他本該就守在那裡。

他神色很淡，陽光裏挾著纖塵照落在床腳，光影將他切割成塊，從安娜的角度看去，他整個人灰濛濛的，似座蒙了塵的黯淡石像。

安格斯半張臉沒入陰影中，唇線微微抿緊，莫名讓人覺得他是想對面前睡著的人說些什麼，卻又無從開口。

安娜在爐上溫了壺熱茶，餘光瞥見安格斯忽然緩慢地動了起來，他挑開奧德莉臉頰上一縷銀髮，背著光俯下身，旁若無人地吻在了她額間。

繾綣溫柔，沒有發出一點聲音。

安娜心神一震，放輕動作，悄無聲息地退了出去。

安娜離開後，安格斯點燃蠟燭，關上窗戶，動作輕柔地掀開被子，小心翼翼地解了奧德莉的衣服替她換藥。

寬大手掌輕輕分開她的大腿，長指冰冷的溫度惹得奧德莉蹙起眉，不太舒服地哼了一聲。

安格斯立刻停下手上動作，躬著的背脊瞬間僵得發硬，像是怕極了她會醒過來。他抬目看向奧德莉，見她面色漸漸緩和，並無清醒的跡象，才繼續挑出一塊觸感軟涼的藥膏，往她身上破皮腫脹處塗抹。

粗糙指腹按著紅腫處揉了一會兒，又換下一個地方。

白皙身軀上，青紅印痕斑駁得驚人，有好些地方安格斯都不記得自己昨夜是怎樣弄出來的。

不怪他的小姐如此惱他，他的確該死。

換完藥，安格斯又替她整理好衣裙，蓋上軟被。

房間外，家中僕從忙碌地收拾著昨夜風雨吹打的狼藉，而身為管家，安格斯卻好似無事可做，只管守在這間房間裡，站在奧德莉身側靜靜看著她。

她睡著時很安靜，整個人陷進柔軟的被子裡，銀髮雪膚，窈窕身姿在薄被上攏出柔軟起伏的曲線，好看得像是從教堂的壁畫上走出來的人物。

或許是因為生病難受，此時的她面頰泛紅，眉心輕斂，安格斯伸手試圖撫平，卻怎麼也抹不平。

他的小姐從來只在氣極時叫他「萊恩」，眉眼冷如冰雪，鋒芒逼人，卻也漂亮得驚心。

如同她賜給自己的那把短刀，華麗精緻的刀鞘下束著劚玉如泥的利刃。

安格斯遇到奧德莉前活得渾渾噩噩，對「萊恩」這個名字談不上喜歡，也說不上討厭，他甚至不知道這個名字是從哪裡來。

但他獨獨不想從他的主人口中聽見她這樣喚自己。

「安格斯」才是他真正的名字。

每想起他的小姐叫他「萊恩」時冰冷的神色，慌張情緒便不受控制地從安格斯心頭湧上來，如細密繭蛹瞬間將他緊緊束縛住。

他告訴奧德莉，昨夜諾亞身上那股異香催發了他野獸的本能，血液和藥物共同作用令他失控。

他所言不假，卻不是想為自己辯解什麼。

他也從未想過在主人面前隱藏自己低劣的本性，他只是簡單地希望以此來取得她的原諒。

但未能成功，反倒讓她更加厭惡自己……

他深知小姐討厭野蠻暴虐的怪物，偏偏他生性如此。

安格斯望著奧德莉，忍不住再次在她唇角落下一吻，冰涼雙唇輕輕含過飽滿豔紅的唇瓣，久久未曾分開。

明媚秋光破開緊閉窗簾洩入屋中，長長一道亮光從窗櫺一路延伸至正對的門牆，房間被光影分割成兩半，沿牆點燃的燭火幽微昏黃，外頭已是天光大亮。

短短幾日內，多名貴族一夜間被暗殺的消息傳遍了整座海瑟城，一時之間城中人心惶惶。

城主一邊出面安撫民心，一邊有條不紊地繼續收攏大權。巨網束緊，困魚掙扎，前夜宮廷城堡外爆發了一小場亂局，很快又被騎士團鎮壓下來。

幾大家族暗中聯合反抗，也皆以失敗告終。至此，海瑟城數百年的分裂局面終於初步穩定下來。

隱隱地，奧德莉總覺得有根線懸在頂上，遲遲未落下。有時她看見安格斯那隻琉璃般的金色瞳孔，總覺得城主所求並不只如此。

莊園裡接連幾日死氣沉沉，惶恐情緒如同一團厚重黑雲積壓在眾人頭上。

奧德莉身體不適，安格斯也整日陰著臉。

家中僕從漸漸都發現了管家「失寵」一事，往日半步不離夫人身側的管家如今連夫人的身都近不得。

但也僅僅是近不得身而已。

奧德莉所在的地方，總能看見管家安靜孤僻的身影。

這日天熱，奧德莉午睡醒來，就見安格斯站在床邊一聲不響地看著她，低頭垂目，像一隻被棍棒打折了骨頭的狗。

看似孤獨可憐，奧德莉卻深知他骨子裡野性難馴。

她已經好幾日未和他講過話了，剛好四目相對時，也只當看見了路邊一塊不起眼的石頭，視線也不在他身上多停一秒。

但此刻她撐坐起來，卻神情恍惚地看了他好一會兒。

安格斯見此，不由自主的朝她的方向走了兩步，低聲喚道：「……小姐。」

他平日鮮少與人交談，奧德莉不搭理他，他一日更是說不了幾個字，安靜得像是個啞巴。

此時驟然開口，嗓音嘶啞，如同鐵鋸緩慢鋸過實木，有些刺耳。

他顯然也察覺自己聲音難聽，只喚了一聲，便又默默閉上了嘴。

奧德莉方才做了個夢，久違地又以安格斯的身分夢回了他的曾經。

夢境依舊真實，直到此刻醒來，她心頭還殘留著夢裡感知到的屬於安格斯的情緒。

她夢見自己前世死後，親眷醫者將她包圍在中間，安格斯站在人群之外，像此時這般沉默無言地望著她。

彷彿覺得她還會醒來。

但夢裡的奧德莉知道，自己已經成了一具不會再睜開眼的屍體。

夢中人與此刻安格斯的身影相重疊，恍然間，奧德莉忽覺胸口壓抑得鈍痛，心臟猶如被濕布緊緊裹纏浸入凜冬冰河之下，叫她有些喘不過氣。

安格斯察覺她的異樣，立刻上前在奧德莉腰後墊了個軟枕，倒了杯溫水遞給她，面色擔憂道：「您……作噩夢了嗎？」

散亂思緒逐漸回籠，奧德莉沒有回答他的話，她平定呼吸，拂開了他的手，冷聲道：「下次再隨意進我房間，這管家你就不用當了。」

安格斯一愣，垂下眼睫，安靜良久，才從喉中吐出一個字。

「是。」

奧德莉今早收到了莉娜來信，懷胎十月，昨夜終於平安產下一子。

她不似初為人母，反倒十分嫌棄自己的孩子，埋怨說他皺巴巴像泡了水，沒有繼承她半分美貌，十字不離醜。

兩人久未見面，奧德莉下午得閒，攜著禮物準備去看望她。

城中貴族大多定居在宮廷附近，莉娜所居的地方與斐斯利莊園相隔不遠，往返只需三小時左右，所經之路皆是大道，於是奧德莉只帶了六名侍衛一同出門。

城中局勢方定，奧德莉此前為城主謀事，得罪了不少人。安格斯憂心她安危，打算跟著一起去，意料之中地被拒絕了。

他站在馬車旁，看著扶著安娜的手彎腰鑽進馬車裡的奧德莉，心知自己勸不了她，便又多叫了六名侍從貼身保護她，並命安娜一同前往。

安格斯心中總覺不安，但城中近來加強的守衛卻又彷彿在嘲笑他的多慮，他囑咐安娜道：「照顧好夫人，如果出現意外，我要妳以性命保護她，明白嗎？」

安娜擺出一副認真表情，點頭如啄米，「我會的。」

午後街上熱鬧非凡，十數名侍從跟在馬車前後，浩浩蕩蕩穿梭於鬧市之中。相比其他權貴出行，奧德莉已算低調，城民對貴族出行也已是見怪不怪。

街道上商販吆喝聲不絕，一聲比一聲響，花果清香絲絲縷縷鑽入馬車，時而能聽見巡城的守衛經過馬車時沉穩有力的腳步聲。

奧德莉翻著書，見安娜不停往風吹起一角的簾子外瞟，出聲道：「想看就看吧。」

安娜面色一紅，搖頭道：「我的任務是保護您，不是來玩的。」

奧德莉覺得好笑，安娜年歲比她還小，頂多身體比她健康一些，卻怎麼看也不像是能保護她的體格。

奧德莉翻了頁書，問道：「保護我？管家跟妳說的？」

安娜觀察著奧德莉的神色，見她並沒有因管家兩個字而露出任何厭惡神情，才眨了眨眼睛，應了一聲。

奧德莉微微頷首，盯著書不說話了，一時馬車裡又安靜了下來。

馬車駛出鬧市，轉入一條泥濘街道，車外人群交談聲驟然安靜不少，車輪轆轤滾動著淌過濕泥的聲音也清晰可聞。

安娜覺得奇怪，抬起簾子朝外看去，一下就對上一個凶神惡煞的眼神。

一名穿著破爛的男人蹲在巷口，目不轉睛地盯著馬車看，看見安娜從簾後探出個腦袋，露出一口黑黃的牙齒扯開一個不懷好意的笑，貪婪的神色幾乎要從眼中溢出來。

街上一股黏厚的臭味鑽入鼻尖，安娜皺了皺鼻子，立刻放下簾子隔開那股黏膩噁心的味道，將窗戶封得嚴嚴實實。

奧德莉看了她一眼，道：「這條街以前開了家遠近聞名的角鬥場，後來頒布有關『角鬥』的禁令後，街道也漸漸沒落下來，如今做著奴隸買賣、賭坊和下等皮肉生意，九流三教，什麼人都有，極度混亂。」

安娜想起方才街上被一串鐵鍊牽著走的奴隸，疑惑道：「活下來都成問題了，也還要去這些地方尋歡作樂嗎？」

奧德莉解釋道：「越窮的人越喜歡往鼠窩裡鑽，或是尋個地方賭，輸完了錢就找個短期的活，渾渾噩噩，有一日過一日。」

安娜震驚地看著她，「您如何知道得這般清楚？」

奧德莉翻書的手一頓，淡淡道：「我從萊恩那裡聽說的。他幼時流落於此，也是從這種地方出來。」

安娜聞言大吃一驚，怎麼也沒想到莊園裡說一不二的萊恩管家竟也是奴隸出身。

奧德莉岔開話題，問她：「妳是被誰賣來做女僕的，父母嗎？」

安娜搖了搖頭，「我還沒記事的時候就被一家人買去了，並不知道親生父母是誰，長大後那家人本想把我賣給妓院，恰逢斐斯利莊園需要人手，出價高，便就把我賣到了這兒來。」

奧德莉「唔」了一聲，「算是幸運。」

安娜偷偷看了眼奧德莉，抿唇笑了笑，頰邊漾開一個梨渦，正打算說些什麼，忽然聽見外面一陣異響。

車外侍從高呼一聲「保護夫人」，緊接著便是接二連三的拔刀聲。

馬車一震，陡然停在街道中間，奧德莉面色一凜，俐落地從長靴裡拔出一柄匕首，並未著急朝外探頭，而是出聲低問道：「發生了何事？」

侍衛沉聲道：「巷道裡突然鑽出二十多人，手持兵器，正衝著馬車而來！」

奧德莉蹙緊眉，冷靜問道：「看得出是誰的人嗎？」

侍衛背靠馬車，盯著逼近的來人道：「看起來像是家養的私兵，但辨不出來自哪一家族。」

刀劍相擊聲轟然響起，街上人群如驚弓之鳥四散逃開，眾人高聲驚懼尖叫，來者像是發了瘋，不相干的人也不放過，刀過之處一片血跡，瞬間馬車周圍便倒了一圈屍體。

這般殘忍的屠殺方式，看來他們沒打算活著離開。

奧德莉努力沉靜下來，顧不得對方為何而來、又是如何知道自己的行蹤，腦中只快速思索著逃生的辦法。

此處距鬧市不算太遠，驚慌逃竄的民眾逃至鬧市約需六七分鐘，很快便能引來巡街的守衛。

問題是從現在一直到守衛前來救援，至少也需要十分鐘。

如果來人同屬家族私養的侍從，她出門帶的這十多人定然攔不住對方，在緊急關頭，這十分鐘都夠奧德莉被砍成肉泥了。

此時最好的辦法就是駕馬車調頭，在侍衛的掩護下衝回鬧市。

安娜擋在奧德莉面前，偷偷朝外看了一眼，不知看見什麼，臉都嚇白了，強自鎮定道：「夫人，他們有箭……」

奧德莉臉色驟變，不再猶豫，吩咐道：「駕車調頭——」

對方似是知道奧德莉的打算，她話音未落，數支利箭齊發，迅如閃電，徑直朝著車門方向射來，擺明是要她的命。

秋風掀起門簾，箭簇破空，嘯如鷹唳。

千鈞一髮之際，奧德莉從桌上抄起裝禮的木盒擋在安娜身前，長箭深深扎入木盒，力道之重，震得奧德莉險些脫手。

安娜回過神，抱著木盒往後退，她嚇得發抖，卻始終用嬌小的身軀將奧德莉死死護在身後。

一箭未中，另一箭又起，箭矢接連釘入馬車，侍衛護著馬車，調頭朝鬧市而去。

忽然之間，一枝長箭擦過車門，方向微斜，直直射向馬車中人。

箭鏃反射出冷寒銀光，不等任何人反應，只聽「噗」一聲，瞬間便穿透安娜纖細脖頸，沒入奧德莉胸口。

鮮熱血液頓時從傷口湧出，遠在數十里外的安格斯忽然若有所察地抬起頭，隨後臉色一變，捂著胸口吐出一口血來。

Chapter26

街道上發生的貴族被襲一事動靜不小，很快一紙文書便避開眾人耳目呈入宮廷裡，擺在了城主面前。

艾伯納拿起桌上信紙，展開大致掃了一遍。

他眉尾微微一動，隨即抬頭看向坐於高位的城主，疑問道：「您之前故意調走了十一街巡城的守衛，是為了此事嗎？」

十一街，是奧德莉遇襲的那條街。

城主雙目輕闔，正在養神，手肘抵在椅子扶手上，單手支著頭，聽見艾伯納的問話，輕應了一聲。

艾伯納將信紙捲好放回桌上，「我不明白，您之前分明重用於她，為什麼如今又要她死。」

城主緩緩睜開眼，她面容精緻，看不出年齡，雙眸呈極其罕見的赤金色，瞳孔中如淬煉著滾沸的岩漿。

她平靜道：「有幾條小魚藏得太深，需要足夠誘人的餌食，他們才會從深水裡浮上來。」

顯然，奧德莉就是她口中用以誘魚的餌食。

艾伯納對「幾條小魚」這個說法不置可否，他略一思索，疑惑道：「但您是怎麼知道奧德莉夫人會在今日途經十一街，又怎麼知道那些人會出手？」

城主拿起那紙文書，用桌上燭火引燃，赤紅明火貪婪地吞噬著乾燥的信紙，熾烈火舌離手指越來越近，然而她卻好似感覺不到疼痛，仍捏著信紙一角，冷靜地看著它燃燒。

艾伯納也對此見怪不怪，沒有任何要阻止的意思。

巴掌大的火團迅速將整張信紙吞卷其中，火光肆虐，手掌皮膚表面浮現出一片片色澤豔麗又危險的赤紅鱗片，保護著那看似與人類無異的白淨皮肉。

火光漸漸熄滅，撲朔成一縷細煙，最後在她掌心中留下一團燒得焦黑的灰燼。

而她的手掌，除了留有紙張燒後染上的黑灰痕跡，竟是毫髮無傷。

艾伯納冷靜地從懷裡掏出一條乾淨的手帕，動作俐落地單膝跪在地上，拾起她的手掌擦拭。

城主垂目看著他的動作，這才慢悠悠地回答了他之前的問題：「老伯爵的女兒莉娜昨夜誕下一女，莉娜今早便寫信告知了奧德莉。奧德莉與她交好，想來見信後很快便會去探望，而伯爵府到斐斯利莊園的路途中，只有十一街最好下手。」

城主動了動手指，露出艾伯納沒擦乾淨的地方伸到他眼底，接著道：「我撤去守衛，也只是為給那幾尾冥頑不靈的雜魚一個入網的機會，並非要殺奧德莉。」

艾伯納替她擦淨手，將手帕揣回胸前衣襟，顧忌道：「如果奧德莉夫人死了……」

「她不會死。」城主開口打斷他，她伸手扯開艾伯納的腰帶，拽著人跪在自己腳下，俯身咬上他的唇，含糊不清道，「有人為她牽著命，她不會就這麼輕易死了。」

艾伯納跪在地上，乖乖張著嘴感受口中翻攪的軟舌，沒有說話。

等將他嘴唇都被咬出傷見了血，城主才放開他，舔去唇邊沾上的血，緩緩道：「奧德莉洞察局勢，又有勇謀，我很欣賞她，不會平白讓她因這種小事送命。」

城主伸手從他領口鑽入，聽見艾伯納急急吸了口氣，笑了聲道：「還是說在你看來，我已經昏庸到了會無故斬斷自己觸肢的程度？」

艾伯納揚起一抹笑，抬手脫下自己的衣服，將自己送入她掌心，低聲道：「不敢……」

寬闊華麗的殿堂中，相貌俊逸的男人赤身跪在衣容尊貴的女人身下。時不時地，自門縫窗隙中可聞見一兩聲令人耳熱的喘息聲。

在這莊嚴肅穆的高牆宮廷裡，經久不絕。

長風拂過鹹濕海面，湧入高闊的城門。

奧德莉鼻尖好似能聞到海水的鹹腥味道，但很快，入口的溫熱液體就讓她意識到，這並非海水的味道，而是有人在往她的口中灌血。

那血液有一股很淡的甜，奧德莉喝過不知多少次，熟悉得不能再熟悉。

她似是被某個人抱在了懷中，模模糊糊能聽見那人在耳邊不停地喚她。

胸前被箭射入的傷處疼痛不堪，這聲音叫得她心煩意亂，只想讓人閉嘴。

但她根本睜不開眼，甚至無法動彈分毫，就連此時腦海中最後一絲搖搖欲墜的思緒都是在強撐著。

胸口疼痛太過劇烈，感覺像是有一根看不見、斬不斷的線在強硬吊著她的神思，叫她未能徹底昏死過去。

但這種感受並未持續太久，很快，就有什麼東西覆上了她的胸口，不等奧德莉反應過來那是什麼，胸前便陡然傳來一股急劇的痛楚，像有什麼長在血肉裡的東西連根硬生生從她胸口拔了出去。

撕裂拉扯的劇痛瞬間自神經血管蔓延開來，頃刻間，好不容易凝成一束的思緒如入水的墨一般不受控制地四散遊離，在一聲聲越發模糊的低喚中，遲來的黑暗徹底侵襲了她的思緒。

陷入昏迷後，不知過了多久，奧德莉發現自己回到了那日午時未做完的夢中。

夢境裡，她——或者說安格斯，站在一間寬闊的房間裡。

從房屋構造，奧德莉認出這是卡佩莊園。

房間門窗緊閉，十分空曠，正中間停放著一口漆黑的寬大棺材。

棺蓋並未合上，棺上刻著栩栩如生的曼陀羅花，一簇又一簇，似從棺底生長而出，牢牢攀附在黑色棺面上。

奧德莉甫一入夢，便透過安格斯的雙眸，看見從前的自己身著一襲黑色華貴禮服，孤身躺在眼前這口漆黑的寬大棺材裡。

黑棺周圍排排燭火燃得極其旺盛，燃燒融化的白蠟厚厚堆積在燭臺上，想來她的屍身已經在這停放了許久。

橙黃燭光隨風而動，如一抹清透霧氣氤氳在空氣中。

棺中的她身邊簇擁著一圈開得濃烈的白玫瑰，黑色華服鋪展於潔白花瓣之上，雙手交握放在身前，手裡同樣握著一隻盛開的玫瑰花。

細長綠莖從掌心鑽出，襯得十指蒼白如霜雪。她面色平靜，遠遠看去，就像是安靜地睡著了。

但無論房梁上降下一半的家族旗幟，還是這口安靜卻沉重得矚目的棺材，都在明明白白提醒著她——自己的確已經死了。

高懸房梁的旗面上那幅繁複妖冶的黑色曼陀羅花紋，就是她短暫一生苦苦追尋的全部，不過如今也要淪落他人之手。

她血濃於水的親人正在一牆之隔的大殿中商討著這龐大家族產業應當由誰來繼承，爭吵激烈，大有不得出個結果便拘著她屍身不送她入葬的意味。

奧德莉並不對她這些兄弟姐妹抱有什麼幻想，此時聽見他們的爭吵也不覺得難受。

然而此時她困在安格斯的身體裡，以安格斯的雙眼注視著眼前自己的屍身時，卻感受到了一股極其難言的情緒。

和那日午後醒來時極為相似。

那麻木到悲戚的感受無孔不入地侵占了安格斯所有思緒，厚重得叫奧德莉有些喘不過氣。

奧德莉從未有過這樣的感覺，她意識到那情緒並不屬於她，而是完完全全屬於此刻的安格斯。

夢裡，安格斯好像不知道要做什麼，他一直站在幾步外悄無聲息地看著她的遺體，如同奧德莉活著時，他無聲跟在她身後的距離。

時間並不因一個人的死亡而停緩，等到天光開始泛白，大殿裡再次爆發出新一輪的爭吵時，安格斯忽然動了起來。

他望了眼窗外自雲層中傾瀉的天光，極其緩慢地眨了下眼睛，而後走上前，雙手僵硬地將奧德莉從棺材裡抱了起來。

奧德莉大吃一驚，隨後，安格斯的所作所為，更是讓她感到不可思議。

他繞過守衛，在一片茫茫昏暗天色中，踏著未醒的晨霧，抱著自己的屍身離開了卡佩莊園。

安格斯抱著她的屍身行過兩天兩夜，一路不吃不喝，風沙雨露也未曾停歇，始終朝著一個方向前行，最終停在了一片黃沙瀰漫的平坦荒原。

他跪下來，如同對待一件極其易碎的瓷器，動作輕柔地將奧德莉放在了黃沙上。

長風肆虐湧動，安格斯恍若未覺，他跪在她身邊，如從前一樣，細緻地替睡著的奧德莉繫好了鬆散的裙帶。

手指不經意觸碰到她早已失去溫度的手背，安格斯動作頓了頓，又繼續動作起來。

他記得他的小姐曾說過，等一切落定，她就要離開海瑟城，去看看這島外其他的地方，要去到天地的盡頭，看書裡所寫的荒漠與平原。

安格斯沒辦法帶她去世界的盡頭，他只從很久前的記憶裡尋到這片最像沙漠戈壁的荒原。

一絲不苟地整理好她的衣容後，安格斯便跪在她身側，靜靜看著她安詳的面容。

奧德莉死了，他也像是死了。除了還在動之外，感受不到任何活著的氣息。

天地的風拂過無聲的兩人，忽然間，一滴水滴砸在了她臉上。

接著，又是一滴。

安格斯愣了一瞬，下意識抬頭看向晴朗無雲的長空。

溫熱的液體隨著他的動作流過面頰，視野變得越來越模糊，安格斯終於遲緩地意識到這是從自己眼中流出的水珠。

他緩慢地抬起手擦了下眼眶，隨後低頭看向被眼淚打濕的手心。

頃刻，一切心中壓抑已久的悲傷好像都在這一瞬間找到了突破口。

他捂著眼，在寂靜的荒野，忽然放聲大哭起來。

沙啞聲音迴盪在空闊寂寥的荒原，連脊骨都在劇烈顫抖，在一片風沙之中，他再難自持地俯下身，吻住了她蒼白冰冷的唇瓣。

滾熱的眼淚潤濕了奧德莉的臉龐，安格斯顫抖著從懷裡掏出那把寶石碎裂的短刃，舉刀按在了頸側。

沒有一絲猶豫，鮮血頓時噴射而出，手臂無力垂落。他握著奧德莉的手，在他能尋到的天地盡頭，倒在了她身側。

Chapter 27

僻靜無垠的荒原上忽地掀起陣陣長風，如困龍鳴吼，裹挾著塵土肆虐不休。

轉眼間，黃沙瀰漫，黑雲蓋天，大雨傾盆而下。

冰冷水珠啪嗒啪嗒砸在倒在荒原裡的兩個人身上，涼意刺骨，澆醒了頭暈目眩快要陷入昏死的安格斯。

血液仍在不斷從他喉間深長的刀口湧出，將他的衣服打得濕透，雨水一澆，連身下土地都染成了紅色。

然而他卻一動未動，猶如一塊石頭，抱著奧德莉冰冷的屍體靜靜躺在大雨中。

這長夢不絕，奧德莉便一直困在安格斯的身體裡，被迫與他一起感受著這瀕臨死亡的劇烈痛苦。

她無法逃離，甚至沒有辦法減輕一絲一毫的痛楚，然而此刻她卻生不出任何多餘不滿的情緒，只覺得胸口那方寸之地被不知從誰的身體裡長出來的、無窮無盡的悲痛塞滿了。

那份悲傷像是來自於安格斯，又像是來於她自己，奧德莉已經分不清了。

荒原上雨密如霧，濃雲遮擋住陽光，四周一片灰濛，天地間彷彿就只有他們兩個人。

遠超常人的頑強生命力讓安格斯連求死也難，溫熱血液一股一股從割破的血管湧出，他腦海中卻始終懸著一線神志。

等死的時間漫長得堪稱殘忍，雨水潤入濕軟沙泥中，忽然間，安格斯緩慢地動了起來。

奧德莉以為或許他會改變主意，卻見他仍如一隻被拋棄又尋回的狗緊緊貼在她的屍體上，摸到被雨水沖刷得銀亮的短刃，隨後艱難地抬起手臂，在喉嚨上又劃了兩刀。

刀刀抵著原來的傷口，此般堅決，倒不似尋死，恍若在求生。

一瞬間，奧德莉只覺心臟像被一隻手給揉碎了，她甚至下意識想令他住手。但安格斯聽不見她的聲音，眼前一切，是已無法更改的故夢。

安格斯失血過多，並無多少力氣，以他此刻的力道，更像是用鋒利刀刃緩慢地割破了皮肉，稱之為慘無人道的酷刑也不為過。

那疼痛深入靈魂，奧德莉幾乎難以忍受，安格斯卻無一絲痛呼。

恍惚間，奧德莉陡然明白過來，安格斯脖頸上那猙獰的疤痕究竟是從何而來……

時隔這麼久，她還記得她重生後見到安格斯的第一眼時心裡在想什麼，她當時在想——她死後，安格斯竟還活著，沒有以身殉主？

直到看見安格斯一刀又一刀地用利刃割開自己的喉嚨時，奧德莉卻只想讓他停下，離開這裡，尋個喜歡的地方好好活下去。

這場夢裡不知何時會停止的大雨，幾乎澆熄了奧德莉所有的怒氣。

安格斯口中吐血不止，連手指都在發顫。但他卻小心翼翼地用手捂著傷口，未讓湧出的血液弄髒了奧德莉的臉頰和衣服。

他蜷縮在她身邊，動作緩慢地將臉靠在了她的頸間，雙手用盡全力抱著她，像是要就這樣慢慢地和她死在一起。

請您等等我……主人……

奧德莉聽見他在心底祈求。

請您別丟下我……

長風自四面八方捲進雨幕，風雨晦暝，來路方向不知何時悄無聲息地出現了兩道模糊身影。

一前一後，同撐一把傘，踩著濕泥破開雨霧，朝著倒在大雨裡的安格斯與奧德莉走來。

安格斯將奧德莉抱在身前，腦海混沌如一攤爛泥沼，他已經辨不清來人是誰，奧德莉卻看清了。

是她怎麼也沒想到會出現在這裡的兩個人——城主和艾伯納。

兩人並未做什麼，也什麼都沒說，走近後，就只是撐著傘站在大雨中，隔著幾

步遠的距離垂目看著安格斯和奧德莉的屍體。

像是在等待著什麼。

大雨不停吹打在傘面，艾伯納看了一會兒，視線落到安格斯脖子上鮮血淋漓的傷口，忍不住出聲道：「這般心狠之人，難怪您要親自走一趟。」

他聲音並未壓低，似乎毫不在意此刻的安格斯能否聽見。

「好刀難得。」城主看向被安格斯護在懷裡的奧德莉，「尤其自願束縛在刀鞘裡的刀。」

天地間風雨越發狂急。

倏然間，安格斯的脈搏心跳一改孱弱之態，以極快的速度開始恢復正常。本已經昏死過去的他睜開眼，捂著心臟，從喉嚨裡發出了一聲猶如野獸的痛苦怒吼。

他甚至來不及顧及不遠處的城主和艾伯納，便翻身跪倒在地，痛苦地低鳴起來。

同時，他的身體急劇變幻著，軀幹四肢肌肉暴漲，衣裳被撐裂，體內骨骼自指骨到脊椎皆一根根發出了令人毛骨悚然的碎裂聲，而後又在體內迅速重生。

甚至能以肉眼看清那副身軀下的一根根骨頭是如何再次長起來。

層層黑色鱗片從蒼白的皮膚上一寸寸生長而出，尖銳的黑色犄角從額骨開始向外生長，將白淨額頭刺得鮮血淋漓。

血液從額上蜿蜒流下，流入那雙不斷變化收縮的異瞳中，將一金一藍兩隻眼睛通通染成了駭人的血紅色。

安格斯面色猙獰，幾乎要被這生鱗換骨的疼痛逼得失去神智，然而當他看見身旁的奧德莉時，神色卻有一瞬間的恍惚。

他艱難地往旁邊挪了一步，像是害怕自己傷到她。而這不足兩掌寬的距離幾乎耗盡了他所有的清醒思緒。

不知出於何種原因，奧德莉並未體會到一絲一毫安格斯此刻的痛苦，但聽見安格斯喉間壓不住的痛吟，也知道他正在承受著超乎人類所能承受的極限疼痛。

他雙手雙腳化為前爪後肢，鋒銳利爪深深抓入泥地中。

幾分鐘後，跪倒在地上的男人消失不見，出現在眼前的，是一隻精疲力盡、彷彿從地獄裡爬出來的巨大野獸。

艾伯納低吸了一口氣，上下掃了被雨血澆得濕漉漉的安格斯一眼，驚嘆道，「這般健碩巨大的體型，快要趕上您了。」

城主抬頭望向安格斯道：「他與我同出一脈，沒有同族庇佑，能活到現在算是奇蹟。」

她看著安格斯被鮮血染紅的眼睛道：「我是海瑟城城主，來此處和你做場交易。」

奧德莉這幾個月翻遍古籍，在一本極不起眼的遊記中讀到了一則傳說。

相傳數萬年前，海瑟城有一支侍奉眾神的族群，因不滿食荼臥棘的苦耕生活，轉而信奉能滿足其欲望的惡鬼。

他們因此觸犯神怒，被眾神毀去家園，屠殺殆盡。

眾神離開後，惡鬼卻偷偷復活這支族群，想要其繼續為自己效力。

但惡鬼將人類復生後，卻發現人類變成了樣貌恐怖的野獸模樣。

他們身覆黑色鱗甲，體型壯碩，頭生犄角，長尾如蛇，野蠻嗜血，天性凶殘，睜眼見了惡鬼，便齊齊撲上去將之吞食入腹。

其餘族群的人類見了他們，心生恐懼，便聯合起來將他們趕入野林，令其與獅虎蟲獸爭食。

傳說來源不可查，真假也已經無法考究。然而，現在看來卻也未必不可信。

至少眼下看來，故事裡人類死而復生變為野獸那部分是真的。

安格斯剛有力氣站穩，便爬起來擋在了奧德莉身前，滿身防備之意絲毫未加掩飾。

雨水打在他身上，順著他一身漆黑的鱗甲往下流，雨霧之中，身影模糊不清，越發顯得恐怖。

艾伯納往前半步擋在城主面前，笑了笑道：「您確定他知道我們是誰嗎？他好像不太信任我們。」

「天授神予，他不會不知道我們是同類。」城主道。

她並不在意安格斯的舉動，垂目看了眼被他護在身下的奧德莉，提高了聲音：

「我替你救你的主人，你為我刀刃，供我驅使。」

安格斯身形一僵，視線緊緊鎖在城主身上，彷彿不敢相信自己聽到了什麼。

城主注意到他的反應，繼續道：「你能死而復生，救她也並不難，只是需要等待並付出一定的代價。」

華麗裙襬在風雨中舞動，被吹得獵獵作響，雜亂無章的滂沱雨聲中，城主的聲音卻越發清晰：「我只給你一次機會，想清楚了再回答。」

她神色自若，像是知道安格斯不會拒絕她。

果不其然，震驚過後，安格斯很快從喉中發出一聲低吼。

城主聽懂他的意思，幾不可察地勾了下嘴角，「你不問問代價是什麼嗎？」

安格斯後退兩步，低頭在奧德莉臉上輕輕蹭了一下，再次開口發出一聲低嗚。

只要能救她，我的一切妳都可以拿走……

Chapter28

在一個雲蒸霞蔚的傍晚，昏迷兩日的奧德莉終於醒來。

她好像只是短暫地做了一個夢，甫一睜眼，就看見了坐在床邊、垂眸望著她的安格斯。

他面色疲憊，眼中布滿血絲，衣服上甚至還沾著血，像是一直不吃不喝坐在這裡守著她。

赤金晚霞如一匹渲染濃烈的綢緞席捲了半邊天，霞光斜斜穿透木窗，照落在安格斯腳下。

他看著奧德莉，彷彿被深不可測的悲戚與苦痛所壓倒，由裡到外透著股光亮照不透的灰暗，像一具失去靈魂的麻木空殼。

見到奧德莉醒來，安格斯表現得十分平靜，他熟練地替她攏了攏鬢邊的銀髮，而後用乾淨的軟布浸了溫水去潤濕她微顯乾燥的嘴唇。

甘甜的清水順著唇縫溢入口中，淌過舌面，潤澤了乾澀得發疼的喉嚨。

同時，舌頭在清水的刺激下，嘴裡殘留的濃烈血腥味又再次填滿了唇舌。

床頭擱著一個沾血的空碗，那是安格斯的血。

奧德莉頭昏腦脹，胸前時不時傳來一陣抽痛，她眨了下眼睛，下意識動了動唇瓣，好讓更多的溫水流入口中。

略顯蒼白的嘴唇輕輕擦過安格斯的指尖，他如被一道驚雷劈中，動作猛地僵住，倏然抬起黑密的眼睫，神色震驚地看著奧德莉。

他臉上的神情太過複雜，茫然而又不可置信，像是奧德莉方才睜開眼只是他因日夜憂思過重而見到無數次的幻象。

然而此刻當這幻象超乎想像地給予回應，他才後知後覺地明白奧德莉好像是真的醒了過來。

安格斯猛地閉上眼，複又睜開，見到奧德莉仍舊用那雙緊閉已久的藍色眼眸望著他，才小心翼翼地喃喃低喚了一聲：「……主人？」

他喉結艱澀地滾動了一下，聲音更是嘶啞得不像話，唯恐高聲會打碎眼前這日思夜想的一幕。

奧德莉腦袋昏沉得像塞滿了濕棉絮，她輕應了一聲，動作緩慢用右手撐著床，準備坐起來。

安格斯回過神，立刻扔下濕布去扶她。他掀開被子一角，雙手扶著她短短兩日細瘦不少的腰，將她穩穩提坐起來，又眼疾手快地往她腰後塞了個軟枕。

見她眉心舒展，舒適地靠在床頭後，安格斯隨即又想起什麼似地站起來往外走。步子邁得大而急，甚至還踉蹌了一下。

安格斯很快就回來了，身後跟著一名中年醫者。

那枚箭沒入奧德莉胸口逾半指深，拔箭後失血不止，好在未傷及心臟。奧德莉胸前纏著紗布，這兩日安格斯按時替她換藥，傷口處理得很好。如今天氣涼爽，也未見膿腫，只要好好休息，便無大礙。

眼下人從昏迷中醒了過來，便算是脫離了危險。

奧德莉昏迷了多久，醫者便被安格斯在一旁的房間拘了多久，此時問診醫者半分不敢懈怠，詳細地詢問了個遍。

安格斯站在一旁一聲不響地盯著奧德莉看，極度壓抑，只在偶爾醫者問及幾個奧德莉回答不上的問題時才會開口。

醫者離開後，安格斯忙前忙後，服侍奧德莉喝了些水，又吃了幾口東西。

此時她臉上終於稍稍恢復了些許血色，看起來不再是一副病弱之態。

等安格斯將能做的事通通做完，他便就這樣站著，一動不動地看了奧德莉好一會兒。

奧德莉沒有打擾他，甚至沒有說話，就這樣安靜地回望著他。

似是終於確定她安然無恙，安格斯忽然像是流失了所有強撐著的力氣，他低下頭，伸手扶著床架，脫力般地在床邊坐了下來。

他抓住奧德莉的手，像一隻鏽鈍報廢的鐵皮戲偶，弓腰慢慢將額頭貼在了她的手背上。

悲痛和害怕遲遲朝他襲來，茫然無措的靈魂終於得以歸攏，在確定奧德莉無虞的這一刻，心中的悲楚頓時壓垮了這個沉默寡言的男人。

晚霞照在他躬著的背脊上，似一道日暮下的沉寂山脈。

奧德莉看著他，發現才不過兩日，他卻已經清瘦不少。手腕上乾透的、未乾的血痂一道疊一道，模糊又猙獰。

忽然，奧德莉愣住似的，凝視著安格斯的耳側的頭髮，她像是有些不敢相信自己看到的，眨也不眨地看了好久。

那是幾根顯眼到刺目的白髮。

奧德莉忽然覺得傷口深處鈍鈍地跳痛起來，那痛越來越劇烈，像有什麼東西在肆意攪弄著她的心臟。

她縮緊喉管壓下翻湧而出的酸澀感，張口欲對安格斯說些什麼，卻忽然感受到手背上一片潮熱的濕意。

如同熾熱沸騰的岩漿，又似城中最溫柔無言的河流，將她心臟不多得的柔軟之處染潤得發熱發燙，並升起一股難以言喻的痛處。

安格斯哭了。

除了在夢中，奧德莉從未見過他流淚。

但她並不願意見他落淚，就像她不想見他年紀輕輕就生出了白髮。

安格斯緊緊握著她的手，連手指都在發抖，但卻十分克制，像是怕弄痛了她。

他沒怎麼哭過，連哭好像也不太會。

夢裡的他後知後覺發現自己落淚後尚且會放聲大哭，此時他卻像一隻被打碎了一身骨頭的狗。

痛苦和恐懼一同朝他襲來，眼淚順著奧德莉的手背不停往下淌，但他連一點聲音都沒有發出，只是輕輕靠著奧德莉，似在以此確認她的存在。

他什麼都沒說，又好像什麼都說了。

一如他深沉不敢展露在她面前的愛。

房間裡只能聽見奧德莉淺亂的呼吸聲，恍惚間，面前的身影和夢裡跪倒在荒原的悲痛背影一瞬間重合在一起。

奧德莉第一次透過遙遠的時間和距離看清楚完整的安格斯。

如此沉默又壓抑。

她抬起另一隻手，輕輕碰了碰他耳後的白髮，指尖頓了一下，而後將他的臉抬了起來，聲音沙啞而輕，「我從沒見過你哭，讓我看看……」

安格斯隨著她的動作抬起頭，即便奧德莉此刻要他用刀在他身上劃一刀，他大概也會毫不猶豫地照做。

剔透的眼淚自他頰邊滾落，奧德莉一時說不清胸口湧動的是何種情緒，她反握住他的手，傾身去吻他哭得發紅的眼睛。

那只凌厲的金色眼眸此時像被湖水滌蕩清洗過，壓抑和悲痛清晰而完全地刻在了他深邃的眉眼間。

奧德莉覺得自己可能一生都無法忘記安格斯此刻的神情。

溫熱的嘴唇落在他薄薄的眼皮上，奧德莉不厭其煩、一滴又一滴地吮去他眼中泌出的淚珠。

安格斯眼睫顫動，目不轉睛地看著她，好似有些受寵若驚，嗓音嘶啞地喚她：「小姐……」

他的記憶還停留在奧德莉出門前冷漠的態度，此時陡然體驗到這從未有過的溫柔，眼淚竟一時掉得更凶了。

他低下頭，似是有些不知所措，喉結乾澀地滾了幾下，卻無從開口。

他只是太害怕，害怕奧德莉再次拋下他，讓他連追上去的機會都沒有。

奧德莉彷彿知道他在想什麼，她撫摸著他的耳邊那幾根灰白的頭髮，喉間哽咽地「嗯」了一聲，雙唇輕柔地貼上他的，「我在……」

那日遇刺，奧德莉陷入昏迷後，數名侍從聽令駕車殺出重圍，奔向鬧市，很快便遇到了巡城的守衛。

刺殺者皆被守衛押入了牢獄，交由宮廷發落。想來不出數日，審訊便能出個結果。

「莉娜聽說此事後，好像還送來了封信。」安格斯說到此處，極輕地皺了下眉，「……但我不記得把信放在哪裡了。」

奧德莉靠坐在床頭，聽安格斯交代著她昏迷這幾日發生的事。她視線一直鎖在他身上，越看越覺得他狀態不對勁。

她沒理會信的事，沉默兩秒，出聲問道：「你這幾天……有好好吃飯嗎？」

安格斯愣了一瞬，隨後搖了搖頭，「我不餓，小姐。」

他身上還穿著那日奧德莉出門前看見的那身衣服，此時袖口和衣襟處都沾著血，整個人疲態盡顯，一看就沒好好休息過，奧德莉甚至懷疑他這幾日一直沒闔過眼。

安格斯見奧德莉一直斂眉看著他，以為是自己儀容不整惹她心煩，卻聽她道：「去吃些東西吧。」她頓了頓，又道，「我就在這，哪也不去。」

安格斯點頭應下，卻還是沒有離開，而是命人把奧德莉要喝的藥送上來，大有不服侍好人便不歇息的架勢。

奧德莉嘆了口氣，叫住女僕，問道：「晚餐做好了嗎？」

女僕對奧德莉醒來一事好像尤為高興，看她的眼神猶如看救世主，忙不迭點頭，「好了，夫人。」

奧德莉猜或是安格斯這幾日把她們嚇到了，擺了下手，「那就送上來，和管家的份一起。」

女僕愣了一下，很快反應過來，「是。」

安格斯也愣住了，呆呆地看著她。

奧德莉胸前的傷口很深，醫者囑咐她這幾日少下床，於是便在床邊擺了張桌子用餐。

她先前吃了些東西，此時喝完一大碗藥就已經飽了，於是坐在床上看著安格斯吃。

她這才突然發現，自己好像從沒見安格斯吃東西，甚至連水都未見他喝過一口。此時看見了，才知道他用餐竟然這麼的……快，根本不咀嚼，送進嘴裡便吞了。

奧德莉盛了碗湯給他，「別吃那麼急，嚼一嚼。」

她話裡不自覺帶了點命令的語氣，安格斯偷偷看了她一眼，聽了她的話，卻沒完全聽進耳朵，煎肉隨意咬了兩下就吞了，但奧德莉盛的湯卻是一口一口喝得乾乾淨淨。

他雖說不餓，卻吃了很多，奧德莉逼著他把自己那份也給吃了。

兩人簡單洗漱了一下，侍女撤走桌子，收拾好便退了出去。

奧德莉望著女僕離開的背影，安靜了一會兒，忽然開口問道：「安格斯，安娜她……」

奧德莉本想問安娜的屍體可有好好安葬，卻聽安格斯回答道：「安娜和我一樣，身體並無大礙，您不必擔憂。只是如今傷勢未癒，我讓她休息去了。」

安娜同是怪物，這也是安格斯為什麼要安娜在奧德莉身邊服侍的原因之一。如果哪天發生這種事，至少這個人足以保護他的小姐。

他那天趕到時，安娜已經快要化形，如果巡城的守衛晚幾分鐘出現，或許怪物存在的事實就要再次傳遍整座海瑟城。

奧德莉心中頓時又喜又驚，但很快她又想起什麼，斂了下眉心道：「她也是城主的人嗎？」

安格斯彎腰替奧德莉拉了拉滑到腰際的被子，「不是，只是我偶然發現的同族，城主並不知情。安娜甚至也不知道自己的身分，在您……遇刺之前，安娜也僅僅是個普通人而已。」

安格斯點燃蠟燭放在床頭，「家中的眼線我之前已經通通拔除了，您不必擔心。」

奧德莉點了點頭，安娜還活著，沒有比這更令她心情愉悅的事了。

她伸手拍了拍身側的位置，「別忙了，要在這兒睡會兒嗎？」

安格斯放下燭臺，搖了搖頭，「我身上髒，小姐。」

奧德莉看著他眼中瀰漫的紅血絲，忽然抬手解了他的衣服，不容拒絕道：「脫了，上來。」

安格斯還想再說什麼，又聽奧德莉道：「這是命令。」

於是他不再多話，乖乖脫了上衣鑽進被子裡，躺在離她傷口遠的右側，小心地抱住了她的腰。

奧德莉垂眸看著他像個嬰孩似的動作，輕輕地揉了下他頭頂柔軟的黑髮，伸手熄了才剛點燃的燈燭。

好夢，安格斯。

Chapter29

安格斯早晨醒來第一件事，便是在房間裡翻箱倒櫃地找莉娜送來的那封信。

莉娜派人送信來時奧德莉正昏迷不醒，安格斯魂都跟著散了，收了信轉頭就不知道扔到哪去了，如今找起來著實麻煩。

他甚至連當時信是不是交到他手裡的都不記得了。

但信這種東西一般不會經僕從之手，安格斯這幾日又只在奧德莉房裡待過，想來只可能丟在這裡。

於是早上守著奧德莉喝過藥之後，屋裡都快被他翻爛了。

今日秋高氣爽，奧德莉閒著無事，靠窗坐在椅子上曬太陽，見安格斯滿屋子地轉，手裡的帳簿也不看了。

她好像並不在意信被弄丟了，像觀一齣有趣的木偶戲似的，盯著安格斯團團轉的身影不眨眼。

等安格斯明顯找得不耐煩了，停在屋子中間皺著眉努力回憶，實在沒忍住笑出了聲。

安格斯下意識偏頭朝奧德莉看去，見她眉歡眼笑，手裡的帳簿下墊著一張黃葉色的牛皮紙，薄薄一張夾在她指縫中，赫然就是奧德莉要他找的信。

安格斯這才明白過來，他被她的小姐戲弄了。

這信是女僕今早打掃房間時撿到交給奧德莉的，只是安格斯那時在沐浴，並不知情。

等他換了身衣服回來，奧德莉早已將信看完了。

說是給她的信，不如說是寫給安格斯的。

信中問他奧德莉情況如何，又說宮廷裡的消息她會留意，若他需要幫助，儘管派人找她。

眼前，見奧德莉眉眼笑得彎起，安格斯也不生氣，反倒有些愣神地看著她。

他已經好久沒見他的小姐這樣笑過了，以至於他都快忘了他的小姐本就熱情張揚，是貪玩愛逗弄人的性子。

不然也不會在角鬥場背著眾人唾罵將他買下來。

他剛跟在她身邊時，身板還沒有她高，無趣又死板，像塊木頭似的。

奧德莉那時就喜歡取笑他，看他一臉無措的樣子，總能讓她心情愉悅。

笑了兩聲後，奧德莉突然停了下來，似是不小心扯到了傷口，抬手捂住了胸口。

安格斯神色驟變，大步朝她走過來，屈膝蹲下，想也沒想便動手去解她的衣領。

潔白紗布浸了藥，牢牢纏裹在軟膩白淨的脂肉上，皮膚上都壓出了紅痕，好在並未見血。

奧德莉敞開雙臂，掌中虛虛握著帳簿，任安格斯著急忙慌地扒開自己的衣服，面色擔憂地檢查完，又動作輕柔地替她將衣襟掩得嚴嚴實實。

他替她繫著裙上繩帶，低聲道：「無事，傷口沒有裂開。」聲音很輕，也不知道在安慰奧德莉，還是在安慰自己。

他是真被嚇怕了，想來奧德莉只是笑幾聲也不會有什麼問題，卻還是膽戰心驚，唇角都抿得發白。

他神經緊繃了幾日，奧德莉沒好全，想必是根本不得放鬆，昨夜也睡得不深，中途驚醒了好幾次。

醒來就什麼也不做，奧德莉迷迷糊糊睜開眼，就見他撐在她身上低頭看著她。身後一彎秋月懸上窗櫺，淺透月光薄薄灑在他身上，眼眸又深又亮，像是在看一個意外落懷的夢。

和此時看她的神色幾乎一模一樣。

奧德莉低頭看著他，手指輕輕撫過他的眼角，這麼多年過去，算算時間，安格斯也過而立之年，但無論身材或是面貌，怎麼看都像是個二十出頭的青年。

只是攏著一身傷疤，周身氣質又太過陰冷，如今耳邊又添了白髮，晃眼一望，讓人不覺得是個年輕人。

奧德莉放下手裡的東西，仔仔細細湊近了去看他臉上的紋路，嘆道：「你如今三十歲有餘，怎麼卻一點也不見老……」說著，手指從他眼角慢慢滑到唇邊，「竟連條皺紋都沒有。」

安格斯耳朵裡像是只聽見了「三十歲有餘」這幾個字，面色一下變得有些黯淡，動了動嘴唇，又閉上了。

奧德莉挑了下眉，「你這個表情，會讓我覺得是在罵你。」

安格斯用嘴唇在她纖細的手腕上輕輕蹭了一下，「沒有，小姐。」

這其實怪不得他，奧德莉之前生氣時，不是沒說過他年老又醜陋這種話。雖然那時他沒什麼反應，現在看來也並非毫不在意，反倒記得十分清楚。

奧德莉知道他這一身傷源自何處之後，哪還見得他這副表情。

她看了他好一會兒，忽然問道：「城主從你那裡取走的代價是什麼？」

安格斯一愣，抬頭對上她藍色雙眸，像是十分驚訝於她為什麼會知道這些。然而他並沒有反問，只輕輕地搖了下頭道：「不是什麼重要的東西。」

奧德莉用手指輕輕碰了下他右眼纏著的黑布，追問道：「是這隻眼睛嗎？」

她曾仔仔細細觀賞過安格斯那雙漂亮的異瞳，也撫摸過他空洞柔軟的眼眶。他身手不凡，除了他自己，奧德莉實在想不到還有什麼人能將他的一隻眼睛生生給剜走。

「痛嗎？」奧德莉問他。

一想到在自己死後的這些年裡，安格斯一直滿懷希望又絕望地在等她，奧德莉便覺得心頭泛起一股酸澀。

她心疼的眼神看得安格斯喉嚨發緊，柔軟的唇瓣隔著黑布落在他眼皮上，長密的睫毛輕輕顫了一下，他聲音嘶啞：「已經不痛了，小姐。」

氣氛溫柔而繾綣，安格斯喉結微動，輕輕握住了奧德莉的手，正欲含住那紅潤的唇瓣，卻聽見門外忽然傳來了一陣急促的腳步聲。

像一頭小鹿在長廊上歡欣地跑步，咚咚咚地跑近，停在了門口。

安格斯皺緊眉，果不其然，下一秒房門就被人敲響了。

奧德莉一愣，直起身，準備出聲讓外面的人進來，卻見安格斯還揚著頭眼巴巴地看著她。

她無奈，只好低下頭含著安格斯的嘴唇，舌頭熟練地鑽進他的唇縫，勾著他的舌尖不輕不重地吮了幾下，安撫道：「好了，去開門……」

房門緩緩打開，安格斯一襲黑衣站在門後，低頭面無表情地看著門外的安娜。

安娜聽說奧德莉已經醒來，化為人形後飯也沒顧得上吃一口便跑了過來。她沒想到開門的會是安格斯，此時驟然對上他的眼神，頓時嚇得腿都軟了。

她不知道為什麼安格斯這樣看著她，卻不自覺收了笑，換上一副得體的姿態，結結巴巴地問道：「管、管家先生，夫人醒來了嗎？」

安格斯看她的眼神如同在看死人，聲線冰冷：「醒了。」

說著，人卻直直杵在門口，沒有要讓她進去的意思。

安娜心裡直打鼓，眼角瞥見安格斯唇上那一抹水光，頓時腦海警鐘敲響，這才知道自己幹了什麼「好事」。

她一時不知該走還是該留，直覺告訴她現在離開才是最好的選擇，然而她實在是很想親眼確認夫人安然無恙。

「安娜？」屋中傳來奧德莉的聲音，打破了兩人間詭異的氣氛。

安娜聽見奧德莉有些虛弱的聲音，眼眶一下就濕了，踮起腳尖從安格斯肩頭探出個腦袋往裡張望，「是我，夫人……」

說完，怯怯地看了安格斯一眼，又把脖子縮了回去。

「讓她進來。」奧德莉道。

安格斯掃過安娜發紅的眼睛，這才側身讓她進了門。

安娜跟在安格斯後面走進去，看見坐在窗邊的奧德莉時，眼眶裡的淚水一下就包不住了，撇著嘴一顆顆往外掉。

她這兩日歷經生死，沒想還能活著，醒來時初化獸形，腦海裡多了許多不屬於她的記憶，一時又驚又怕，生怕被莊園裡其他人發現了自己「怪物」的身分，只能可憐巴巴地一個人待在房間裡。

安格斯雖對奧德莉說是讓安娜休息養傷去了，實際和關著她差不多。

他眼裡除了奧德莉誰也看不見，自然也分不出心思在安娜身上，只讓人每天替她送去大量吃食，留下一句「什麼時候化了人形，什麼時候才能出門」就不見了。

安娜憑藉本能靠著自己一點點摸索才學會藏起犄角尾巴，現在一哭，額上兩隻角又開始往外冒，那雙鹿眼般的眸子此刻也化作了豎瞳。

安格斯沒什麼表情地看了她一眼，心裡正煩，作為年長的同族，人模人樣地站在奧德莉身邊，也沒有要提點她兩句的意思。

安娜不大好意思地捂住了眼睛，「抱歉夫人，我現在還不太會控制……」她又抬起另一隻手捂住兩隻冒尖的角，「它、它們老是胡亂動……」

奧德莉朝她伸出手，面不改色地詆毀著安格斯，「沒事，萊恩管家剛開始也這樣，尾巴和角動不動就往外跑。」

安格斯憶起自己在奧德莉面前露出尾巴和角的那些畫面，不由得想起了自己用尾巴纏著他的小姐幹過什麼，便閉著嘴沒出聲。

安娜走近，奧德莉先看了看她脖頸上的傷，才三日，已經痊癒了大半，只剩小小一道疤痕。

奧德莉看著眼前這個不過十四五歲的小女孩，掏出手帕輕輕擦去她的眼淚，由衷道：「我很高興妳還活著，安娜。」

安娜像是個沒嘗過甜頭的小孩，聽見奧德莉的話，吸了吸鼻子，連額角都捂不住了，尾巴不自覺從裙子下鑽出來纏著奧德莉的小腿，哭得直打嗝。

安格斯瞧見那條尾巴，臉色瞬間就沉了下來。

奧德莉倒不在意，她揉了揉安娜的腦袋，又碰了碰她尚顯稚嫩的犄角，「別哭了，哭壞了眼睛怎麼辦。」

不知道是不是年紀小又剛化形的原因，那對犄角冰冰涼涼，不比安格斯的堅硬，觸感有些軟，奧德莉不由得多揉了兩下。

安格斯看著眼前這一幕，臉上瞬間陰鬱得如罩了黑雲，額邊的黑色鱗片都冒了出來。

他面不改色地叫了奧德莉一聲：「小姐，莉娜夫人還不知您醒來的消息，要回信給她嗎？」

奧德莉點點頭，「當然。」手裡卻上癮似地捏著安娜嫩生生的角，「幫我備好紙筆，我待會兒回給她。」

身後一片沉默。

奧德莉沒聽見回答，有些疑惑地回頭看了他一眼，「怎麼了？」

安格斯垂眸看著地板，聽見奧德莉問話，抬起眼皮看了眼她放在安娜犄角上的手，安靜了一會兒，開口道：「您喜歡這對東西嗎？」

奧德莉不解，「嗯？」

安格斯抬手摸了下額頭，又很快放下了手，「您很少碰我的角，我本以為您不喜歡這對東西，原來只是……」他垂下眼睫，聲音放得很低，聽起來有些許沙啞，「……原來只是不喜歡我的。」

他語氣平靜，話語轉瞬就消散在了空中，也不管是不是有旁人在這，就這麼平平淡淡地說出了口。

額角的鱗片微微反著光，彰顯著他和安娜相同的身分。他不像是在吃醋，就像是在陳述一件事實，但奧德莉偏生從他臉上看出了一絲難過和……委屈。

而安娜……

在察覺到那股直衝而來的殺意時，尾巴立刻瑟縮著從奧德莉腿上收回，頓時不敢再哭了。

額上那對角察覺到危險，本能地從奧德莉掌下縮了回去，沒入皮肉，消失得乾乾淨淨。

Chapter30

安娜許是被安格斯嚇住了，虹膜受驚般擴散成圓形，尾巴縮進寬大的裙身下，表面看起來竟也算勉強維持住了人形。

奧德莉感受不到安格斯的敵意，安娜卻被這股來自同族的強大威嚇震懾得骨寒。

再多待一會兒，她怕自己就要因本能的畏懼而直接伏地變為野獸了。

要知道，她四肢踩地的模樣連路都還走不好。

一想起自己來時就擾了夫人和管家的好事，剛才又不知尊卑地在夫人面前大哭了一場，安娜左思右想，不敢再留，急急忙忙地尋了個藉口，朝兩人行過禮後跑了。

安格斯「爭寵」爭得太明顯，奧德莉對他那點小心思可謂心知肚明，見安娜被他三言兩語嚇得膽戰心驚，也未責備，只道了句：「她膽小，下次別嚇她了。」

涼風拂面，安格斯掩上半面窗，又回身伸手替奧德莉理了理身後被風吹亂的銀髮，並未辯駁。

他站在她身後，凝視著奧德莉在薄透日光下白如細雪的後頸，指腹不自覺撚了撚，神情淡淡地「嗯」了一聲，也不知道有沒有聽進去。

莉娜的信是在奧德莉遇刺後寫給安格斯的，自然也該由他來回。

在奧德莉的要求下，安格斯老老實實地坐在書桌前寫信。

奧德莉將莉娜的信給他看過，也沒說要回什麼，安格斯便只好自己揣測著落筆。他坐姿方正，身形挺直，一手壓著紙面，一手握著鵝毛筆，奧德莉在他背後看了一會兒，發現他執筆的姿勢有種莫名的熟悉感。

筆尖磨過紙面，發出粗礪細密的沙沙聲，書寫聲剛響了個頭，不過幾秒，便停了下來。

奧德莉看他把筆插回墨瓶，將牛皮紙晾在一旁等墨汁乾透，疑惑道：「寫完了？」

安格斯用鐵勺盛了一塊火漆放在蠟燭上炙烤融化，聞聲回道：「是，小姐。」

「先別封。」奧德莉叫住他，實在好奇他是怎麼回信的，「我看看你寫了些什麼。」

比起之前與奧德莉書信來往時的長篇大論，莉娜此時來信言簡意賅，籠統沒寫幾句話。

一問奧德莉是否安好，二勸安格斯莫過憂心，三則表明安格斯若有難處儘管朝她開口。

書信雖短，情意卻十分真摯。

然而對於這真情實意的幾句話，安格斯只冷冰冰挑著回了第一句——安德莉亞夫人一切安好。

除此之外，偌大一張牛皮紙上再沒有其他。

奧德莉知道安格斯嘴上寡言少語，但沒想到筆下竟也吐不出幾個字來。

她將那七歪八扭纏如蛛絲的一句話翻來覆去地看了好幾遍，沒來得及計較這蒼白的短短一封信，而是忍不住開口問：「你的字……是誰教的？」

眼前這字說是三歲小孩寫的都勉強，一筆一劃像是草率湊合，立刻就要分家出走，毫無美感可言。

唯一的優點或許就是仔細看看還是能認出他寫的是什麼。

這些年，無論是作為殺敵的利刃還是理事的管家，安格斯一向都做得很好，這還是奧德莉第一次發現他也有不擅長之處。

但他身為管家多年，字跡理應不該如此……糟糕。

安格斯聽見奧德莉這樣問，動作頓了一下，他快速地掃過奧德莉微蹙的眉心，想了想，慢慢放下了火漆勺，低聲道：「沒人教，我自己琢磨著學的。」

的確沒有人教安格斯識字，若真要說有這麼一個人，或許便是為師而不自知的奧德莉。

她從前身為家主，伏身書桌前忙於事務時，安格斯經常站在她身後看著她辦公。需要奧德莉落款的信文數不勝數，奧德莉．卡佩，就是安格斯學會寫的第一個名字。

筆墨昂貴，書本更甚，尋常人家莫說習字，家裡便是牛皮紙怕也沒有幾張。安格斯自學識字已然很不容易，無人教導下要寫出一手好字幾乎不可能。

即便如此，在奧德莉發現這一點後，安格斯卻還是不太自在，他往信上看了好幾眼，像是在確認是否書寫有誤。

看見那春蚓秋蛇的幾個字，忽然間，安格斯不知怎麼就想起了之前奧德莉教諾亞識字的那個晚上。

他的小姐出身貴族，才華超眾，即便是教旁人識字這般小事也十分耐心……

安格斯正胡思亂想，耳邊忽然聽見奧德莉道：「你這樣回信給莉娜，她興許要生我的氣。」

奧德莉將牛皮紙展開放回桌面，摁著安格斯坐在椅子上，站到了他身後。

她把鵝毛筆塞入安格斯手中，一邊對他說，一邊軟若無骨似地將右半邊身子靠在了他寬厚的肩背上。

她今日長髮未挽，此刻彎腰低下頭，微涼髮絲縷縷掉入安格斯衣領，順著肩頸往裡滑。

溫暖身軀散發出醉人的馨香，安格斯滾了下喉結，回頭看她，「……小姐？」

柔細左臂搭上他肩頭，白淨細指若即若離地點在他胸膛上，隔著硬挺的布料時而擦過鎖骨，撩撥得叫人心癢。

見安格斯心不在焉地看著自己，奧德莉低頭在他冰涼的耳尖上蹭了一下，掰正他的臉，五指輕握住他的手，低聲道：「專心。」

聲音入耳，輕如微風，安格斯從她白淨的臉龐上收回目光，「……是。」

奧德莉眉眼間一片平靜，心無旁騖地教安格斯如何運筆，「執筆不比持刀，有輕重快慢，要學會收力，明白嗎？」

一縷銀髮垂落在安格斯臉側，柔順如綢緞，他聞著身邊傳來的淺淡香氣，手裡跟著奧德莉的力道落下一筆，聲音有些不易察覺的低啞：「……明白。」

狹長眼尾在秋日光影中拉開一道狹長的弧度，他感受著手背傳來的溫熱觸感，輕輕嗅了嗅奧德莉身上傳來的香氣。

好香，是木梨和玫瑰花的味道……

盛在勺裡的火漆融了又凝，書寫聲消散在風中，留下一個心猿意馬的青年和半張筆鋒凌厲卻又青澀生疏的字信。

奧德莉醒來後的第三日，十一街刺殺一案終於水落石出，牽扯此事的舊貴餘黨紛紛以禍亂城邦的罪名被處死。

幾顆血淋淋的人頭高掛於城門上，但同時，卻有一名罪犯逃過了刑罰，由一架馬車自鐵牢運往了斐斯利莊園。

「城主對您遇刺一事深表痛心。」艾伯納對奧德莉道。

他站在馬車旁，將馬車裡披枷帶鎖的罪人拽下馬車，「此人乃策劃刺殺的主謀之一，也是城主給您的一個交代。」

奧德莉自見到艾伯納架著漆黑馬車駛入莊園時，心中就已經隱隱有了某個荒唐的猜測。

此刻，她透過頭紗看著被拽出馬車的男人，眉心一點點攏出了深褶。

男人頭罩黑布，手腳皆被鐵索束縛，寬大的潔白囚服浸出汗濕的血痕，不難猜想底下有多少刑訊鞭笞的傷疤。

他脊背微躬著，站都站不太穩，自出現在奧德莉面前那一刻起便在不停地發抖。

即便如此，奧德莉還是一眼就認出了他。

這是她親愛的哥哥，安德莉亞深愛的父親——安德魯。

艾伯納將人送到後並未急著離開，而是和奧德莉在會客廳商談了一些事宜。

遇襲一事後，無論奧德莉去哪，安格斯都寸步不離地跟著，此刻也不例外。

安德魯揭了頭套，惴惴不安地被侍從壓在角落裡站著，他像是怕極了艾伯納，視線數次落到奧德莉身上，想要說些什麼，卻又在瞧見艾伯納的身影時閉上了嘴。

等艾伯納離開後，安德魯身體裡驟然爆發出一股力量，掙脫侍從的鉗制，撲倒在奧德莉面前。

鎖鍊撞擊的聲音迴盪在會客廳，安格斯神色凜然，幾乎在安德魯動作的同時便擋在了奧德莉身前。

安德魯鼻青臉腫，鮮血不停從頭皮流出，他似乎被羈押太久，已變得神志恍惚，掙扎著跪坐起來，痛苦哀號著對奧德莉道：「謝天謝地，啊……乖女兒，快幫父親解開這鍊子，我的手腳都快斷了……」

奧德莉穩坐在高椅中，慢慢端起茶杯抿了口茶，一言不發。

安德魯並未發現坐在椅子裡的人並非他真正的女兒，更沒有發現椅子裡坐著的人是他去世多年的妹妹。

他像是認定眼前的人仍舊是他易於掌控的女兒安德莉亞，彷彿抓住了救命稻草，沒有對襲擊一事做任何解釋，反倒不停抱怨著：「他們真是一群可怕的瘋子，竟然用帶刺的鞭子抽打我，我險些被他們打死了……」

會客廳裡只能聽見安德魯一個人不斷碎念的聲音，安格斯能感受到他的小姐正竭力壓抑著滿腔怒氣。

安德魯苦求了一會兒，發現沒有任何人來為他鬆綁後，終於稍稍冷靜下來。

他抬頭看著擋在奧德莉身前的安格斯，似乎被他身上陰鬱的氣息所震懾，哆哆嗦嗦想要站起來，卻沒有成功，只得膝行著往後退了一步。

安德魯曾經見過少年時期的安格斯，但只有短短一面，如今的安格斯和那時看起來氣質相差太多，他一時覺得有些眼熟，卻沒認出來。

他察覺出面色陰冷的安格斯和在地牢裡折磨他的艾伯納是同一類人，本能地避開了與安格斯相觸的視線。

他偏頭望向安格斯身後的奧德莉，看著她靜坐的身形，終於想起來蒼白無力地向她解釋：「好女兒，相信父親，事情不是他說的那樣。妳都不知道這幾日父親是怎麼熬過來的……」

奧德莉側目隔著遮面的黑色頭紗看向他，突然開口打斷他道：「如果我死了，你覺得自己能接手多少遺產？」

安德魯聽見奧德莉開口，著實地愣了一下，他一時不知該驚訝於這陌生又熟悉的清冷嗓音還是這話裡的深意。

他站起來，想衝到奧德莉面前去，卻在安格斯冷冽如刀的目光下打消了念頭。

「父親沒想妳死！好女兒，我是妳父親，怎麼會害妳？」安德魯眼中流出兩行濁淚，此刻仍在竭力扮演著虛假慈父的形象。

他今年不到四十歲，這幾日的牢獄之災卻讓他面黃肌瘦，宛如過百的老者。

「我只是一時鬼迷心竅，他們答應我不會傷妳，只是想讓妳分出一些財產。妳知道斐斯利家族的旁支，他們嫉妒妳年紀輕輕就繼承了龐大的家族產業，心懷怨恨，這才找上了我……」安德魯狡辯著，隻字不提自己的過錯。

「所以你便替他們掩護，毫不留情地向自己的女兒下殺手？」奧德莉毫不留情地拆穿他的謊言，幾乎要笑出聲來，「我大難不死，你是不是很失望？我醒來後日夜思索，究竟誰有這般勢力，能藏得如此之深，又究竟是誰能精準掌握我的行蹤，原來竟是『自家人』啊……」

奧德莉站起身，從安格斯袖中取出那柄鑲嵌著破碎紅寶石的鋒利短刃，繞過他走到了安德魯面前，出奇冷靜地道：「畢竟誰也不會想到一位父親會對自己的女兒下手，不是嗎？」

安德魯被奧德莉手上的刀刃嚇白了臉色，他自下而上看著奧德莉，這才發現她的身形舉止和安德莉亞分明就是兩個人！

華麗裙襬在空中盪出一條弧線，明豔的紅唇，頭紗下飄落一縷的銀髮，安德魯腦中忽然浮現出一個去世多年的身影——他精明強幹卻病弱離世的妹妹。

安德魯打了個寒顫，下意識在腦中否決了這種可能。然而不可阻擋的恐怖懼意，仍如結冰的凍霜爬上了他被折磨得脆弱不堪的神經。

奧德莉屍身被盜，直至下葬都只有一具空棺，這在家族裡早已成了無人提及的祕辛。

安德魯越想越恐懼，踉蹌跌倒在地，大叫道：「妳不是安德莉亞！妳是誰！我女兒在哪裡?!」

奧德莉從他口中聽見這個名字，再難遏制心頭的怒意，咬牙道：「安德魯，你還知道安德莉亞是你女兒！她自小視你為倚仗，然而你將她賣給納爾遜那半身入土的老頭作妻子還嫌不夠，竟要聯合外人謀害她，你當真是罔為人父！死不足惜！」

安德魯聽見這聲音及口氣，越發覺得像是他死去的妹妹，他像是瘋了，蹬著雙腿往後退，顫抖地吼叫道：「妳別過來，妳究竟是誰，安德莉亞在哪裡！」

「認不出我了嗎？」奧德莉緩緩揭開面紗，在安德魯驚恐的表情中，揚起一個冷漠到極點的笑，湛藍雙眸冷如結冰的海面，「我親愛的哥哥。」

奧德莉簡直要被她這愚蠢冷血的兄長氣得發瘋，她揚起短刃，就在這時，一條手臂自身後攔過了她纖細的腰肢。

沉默已久的安格斯輕輕從她手中取過刀，「我來，小姐。別讓他的血弄髒了您的裙角。」

安格斯一步步朝著安德魯走去，安德魯癱坐在地，傷口流出的血液浸潤衣裳，在地上拖出一道血痕。

死亡逼近的恐懼完全地籠罩住了他，安德魯涕泗橫流，來不及深思為什麼奧德莉還活著，本能地哀求道：「別殺我！奧德莉，求妳，哥哥求妳了！」

但眼看安格斯仍在走近，安德魯在極致的恐懼中面色忽然變得十足猙獰，崩潰地大吼道：「都是安德莉亞的錯，我養她成人，她嫁人後卻不肯見我一面！妳問我為什麼要殺她，妳告訴我這難道不構成為理由嗎?!」

「安德莉亞早就死了，死在她十七歲的婚禮上。」奧德莉開口道，也不管此時的安德魯還能不能聽懂她在說什麼，「拒絕見你的人是我，從來都不是安德莉亞。她或許到死都不明白，她親愛的父親為什麼要像對待一件貨物一般對她。」

安德魯瞪大了眼，在一片蒼白的寂靜中，刀鋒劃破喉嚨，鮮血噴湧而出。

奧德莉看著她的哥哥抽搐著倒在地上，雙目強撐地望著她，漸漸地不再動彈。

她不知道，在安德魯人生的最後幾秒裡，可有一絲對安德莉亞的懺悔。

處理完屍體後，安格斯迅速沐浴換了身衣服，他問了侍從，在後園藤蔓花架下尋到了奧德莉的身影。

她手裡端著一杯暗紅色的葡萄酒，倚在微微擺動的鞦韆裡，抬目遠眺，像是在思索著什麼，又彷彿只是簡單地欣賞美景。

安娜在她身後站著，焦急地盯著奧德莉手裡的酒，想攔又不敢攔，急得都快哭了。

夫人傷口未癒，如果被管家知道自己沒攔住夫人飲酒，自己怕是要掉一層皮。

她看見安格斯從小徑匆急趕來的身影，苦著臉將手裡的披風交給他，指了指奧德莉手中的酒杯，不敢看安格斯陰沉的臉色，忙不迭拔腿跑了。

奧德莉並未發現身後換了個人，她舉起酒杯，正要抿上一口，一隻沾著水氣的冷白手掌卻驀然闖入視野，奪過了酒杯。

修長手指傷痕遍布，輕輕擦過奧德莉的手，傳來一股熟悉的涼意。

她愣了半秒，轉頭看向身後。

安格斯將披風搭在鞦韆上，彎下腰，眼簾半垂，目光專注地看著奧德莉，骨節明晰的食指纏著柔軟的帕子在她唇角輕輕揩過，挪開時，帕面上染著一抹淺色酒液。

落在唇上的動作柔軟細膩，壓過唇肉便離開，和他在床上黏膩時相比可謂俐落乾淨。

安格斯嗅到酒杯裡濃郁的酒味，眉間頓時皺如揉碎的紙。

他將酒盡數倒在了花泥中，沉聲道：「您身體還未痊癒，不宜飲酒。」

奧德莉看了眼將泥土浸得濕潤的酒液，「只喝了半口，不礙事。」

安格斯聞言，眉心皺得更深，顯然極不贊同這番話。

他頭髮還是濕的，周身泛著潮氣，一身黑衣襯得裸露在外的皮膚白如架上潔白玫瑰花瓣。

不知是否由於沐浴過的原因，他身上散發出一股獨特的冷淡香氣，有些像寒冬落下的雪，風吹來時，細雪撲面聞到的味道。

安格斯纖長的睫毛半搭著，面容乾淨，鬢邊還在滴水，冷白皮膚在午後陽光裡顯出幾分溫暖柔意。

眼角拉開的線條長而厲，偏偏神色又是耐心的。

奧德莉坐在椅子上，抬頭看著安格斯沉靜的眉眼，忽然抬手勾住了他的前襟。

安格斯方直起一半的腰便又彎了下來，金色瞳孔落回她身上，看著那雙越來越近的藍色眼睛，輕輕地眨了下眼睛。

「主人？」

奧德莉停下來，手指卻依然鬆鬆搭在他衣領處沒放開，就這麼隔著極盡的距離看著他。

她不動，安格斯也只能就這麼望著，凸出的喉結滾了又滾，任由他的小姐仔細瞧著他。

但不過一會，安格斯便忍不住試探地伸出舌頭，在眼底那飽滿鮮嫩的紅唇上舔了一下，恍若一隻討食的黑犬，尤為小心翼翼。

發現奧德莉只是看著他，卻並未制止他後，他就又舔了一下。

在他第三次伸出舌頭時，奧德莉忽然動了起來，她昂著頭向後避開，對上安格斯渴望的眼神，壓著笑意道：「想接吻？」

安格斯毫不猶豫地點點頭，嗓音嘶啞：「想，小姐……無時無刻不想……」

奧德莉笑出聲來，伸出食指在他滾動的喉結上重重勾了一下，清晰的吞咽聲傳入耳中，「倒了我的酒，還想親我？」

安格斯絕不會在對奧德莉身體有害的事情上妥協，他避開前半句話，否認道：「不是……」他伸出舌頭舔了下嘴唇，試圖透過一個渴求的吻來緩解久積的欲望，「是我想讓您親我……」

「求您，主人……」他凝視著她湛藍的雙眸，毫不在意地放低姿態，祈求道。

奧德莉抬起拇指壓住他的唇瓣，探入齒縫勾出他涼滑的舌頭，在安格斯期望的眼神中，笑著含住了它，「你真是……越來越會撒嬌了……」

安格斯喉中溢出一聲滿足的嘆息，五指牢牢扣緊了鞦韆，彎著腰，將舌頭更深地探入奧德莉口中。

奧德莉撫摸著安格斯後頸瘦顯的脊骨，放縱肆意地舔弄著他的唇舌。

長風拂過翻湧的海面，遊走在人聲鼎沸的天地間，華麗裙襬在風裡輕晃，滿園玫瑰盛放，日暉如碎金箔包裹住嬌嫩豔麗的玫瑰花。

馨香拂面，恰是秋日長晴，時光正好。

——《家犬》下冊完

番外一　撫慰

長夜靜謐，彎月高懸，斐斯利莊園籠罩在一片安靜的月光下，如一座沉默佇立的矮山。

皎白月色透淨如水，流淌在高樓長廊。

安格斯從自己的房中出來，提步上樓，徑直朝奧德莉的房間而去。

瘦高身軀沐浴在廊上安靜的月光下，幾滴水珠順著黑色短髮無聲滑落，滴在膚色冷白的面龐上。

他周身纏繞著未乾的潮氣，似乎是剛淋過浴。

而此時已是深夜。

黑色身影投落在精雕細刻的高牆，掠過一盞盞照夜的燈燭，安格斯停在奧德莉門口，輕輕推開了半閉的房門。

房間裡未燃蠟燭，床上的奧德莉閉著眼正在安睡。安格斯帶上門，似乎怕吵醒了她，下意識放輕了步伐，像一團悄無聲息的黑影走到了床邊。

「去哪了？」床上本應熟睡的人卻突然開口，眼睛都沒睜開。

奧德莉聲音幾乎低不可聞，透著深深的倦意，也只有耳力超常的安格斯，才能聽見她在說什麼。

安格斯顯然沒想到奧德莉醒著，愣了一瞬，回答道：「沐浴，小姐。」他剛洗完澡，身上透著一股潮意，體溫又涼，沒有貿然躺下，而是就這麼看著她。

奧德莉側身躺在床上，月色從窗戶透入，被子下柔軟起伏的曲線一覽無餘。細腰豐乳，軟布白裙，胸前白膩的兩團疊壓在一起，左胸上的箭傷已經凝了血痂，邊緣處甚至長出了脆弱粉嫩的新肉。

安格斯看了眼那傷口，又望了眼若隱若現的深溝，彎下腰，將奧德莉搭在被子上的手放入軟被裡，又將被子扯到她鎖骨處，低聲問道：「我吵到您了嗎？」

奧德莉緩慢掀起眼簾，藉著微弱光線睡眼惺忪地看著他，應了一聲。

安格斯這幾日經常在夜裡突然「消失」，半個多小時後又回來，饒是奧德莉睡得再沉，也該發現了。

她沒問為什麼安格斯睡前分明沐浴過，深夜又跑去淋浴，捂著嘴打了個哈欠，看著站在床邊的人，「不睡嗎？」

安格斯搖頭，「您先睡吧。我剛洗完澡，身上濕，等乾了再上床。」

說完，他就這樣望著奧德莉，似乎打算就這麼把自己當一個衣架子活活晾乾。

奧德莉閉上眼，也不多勸，只道：「你若不睡，今夜就在這兒站一晚上吧。」

安格斯眨了下眼，沒想到會聽見這樣一句話，房間裡安靜了好一會兒，床邊的身影才緩緩動了起來。

安格斯脫下外衣，胡亂擦了擦滴水的頭髮，輕手輕腳地在床上躺下，隔著被子抱住了奧德莉。

奧德莉睡在床上正中間，安格斯身形高大，要躺下都找不到空間，但他樂得緊緊貼著奧德莉，擁住她柔軟的身軀入睡。

躺下半個小時，奧德莉的氣息已十分均勻綿長，似乎已經再次陷入夢境。而安格斯卻一直睜著眼，根本毫無睡意。

一年四季，動物發情在春季，而對於他們而言，卻是深秋最難熬。

他的小姐什麼也不需要做，只是安安靜靜地躺在他身邊，他就已經硬得又脹又疼。

想碰她，想她親自己，想操進那道濕軟緊滑的肉縫，還想舔她……

但他的小姐傷口才剛癒合，他什麼也做不了。

安格斯閉上眼，將臉深深埋進奧德莉髮間低嗅，動著腰，隔著褲子和軟被用肉莖一下又一下在她腿上緩慢輕蹭。

好香……

肉根頂端的小口根本沒碰到她，卻也浪得直吐水，安格斯越蹭欲氣越重，額間浮出薄汗，呼吸聲也變得越發急促。

他啞著聲音喚了一句「小姐」，嫌不夠似的，喚完又往奧德莉身上擠了擠。

他伸出舌頭在奧德莉脖頸上胡亂舔舐著，忽然，眼角瞥見奧德莉胸口那鮮紅的疤，頓時止住了所有動作。

身後跑出的尾巴垂落在床腳，他抱著奧德莉平息了一會兒，發現這火仍滅不下去，便準備爬起來再度進行所謂的「沐浴」。

他剛有動作，被子裡卻忽然探出了一隻溫熱纖長的手掌，摸索著握住了他勁瘦的腰身。

安格斯愣住，「……小姐？」

他不知道她是和自己一樣沒有睡著，還是被自己鬧醒了，安格斯怕她生氣，沒敢亂動。

奧德莉連眼睛都沒睜開，然而手卻往一個安格斯始料未及的方向伸去。

手指駕輕就熟地鑽進安格斯衣內，擦過緊實汗濕的肌肉，徐徐往下，握住了那粗實腫熱的罪惡源頭。

感受到那脹熱得不行的東西，奧德莉喃喃嘆道：「難受成這樣，怎麼也不說一聲？」

比起冰涼的體溫，安格斯腹部及腿根燙得像是生了病，尤其腿間高高挺立的肉莖，燙得奧德莉指尖都顫了一下。

安格斯像是被捏住了命脈，驀然繃緊全身肌肉，壓著嗓音低低喘了一聲，「呃嗯……」

奧德莉睜開眼，看著他強忍著欲望的神情，掀開被子將他整個人給納了進來。

「你知不知道你身上味道很重？」奧德莉在他耳後深深吸了一口，「每天深夜回來，身上都帶著一股濃厚的味道，特殊的香氣，和濃郁的麝香味。」

安格斯知道，不然他也不會在紓解後還費事地沖一次涼。

他沒想到會這麼明顯。

接著，安格斯就說不出話了，因為他的小姐已經開始撫慰起那脹痛不已的肉莖來。

奧德莉像是在玩他那根東西，食指勾過兩顆囊袋中間的縫溝，抵在裡面來回重重摩擦，其餘四指倒握住粗熱的肉棒，隨之一起擼動。

柔嫩掌心緊貼著他的肉棒，奧德莉盡力地替他舒緩著，將粗熱濕滑的肉莖按在小腹處來回滑動，「這樣會難受嗎？」

安格斯何時被奧德莉這般溫柔地碰觸過，在他身下揉弄的那隻手白淨細膩，向來只會用來握筆，安格斯哪敢想他的小姐會去碰他那根醜陋不堪的肉棒。

熾熱氣息噴灑在奧德莉耳側，安格斯不住點頭，弓著腰將臉埋進她的脖頸裡，喘得叫人面熱，「難受，小姐……」

他說著難受，尾巴卻興奮地來回甩動著，他請求道：「請您、嗯……再重些……」

奧德莉撫摸著他腹部肌肉，將一條腿插入他雙腿間迫使他大大張開，更加方便地在他腿間搓動，「腿分開，褲子脫下來。」

安格斯聽見這話，性器激烈地抖動了一下，險些在奧德莉手裡直接射出來。他挺腰在奧德莉手裡操頂了兩下，乖乖應道：「是，主人……」

奧德莉前幾日便發現了安格斯的異樣，她養傷這些時日，安格斯幾乎日日都要放一碗血給她喝。

他的血對奧德莉的傷口的確有極強的恢復作用，但再怎麼有效也不能日日這樣放血啊。

奧德莉看見他手腕上一道道的傷，蹙緊眉拒絕了多次，安格斯卻毫不妥協，就算嘴上答應了，等到夜裡奧德莉睡著時他也一樣會給她一點一點地灌下去。

不知道安格斯用了什麼辦法，奧德莉夜裡毫無察覺，只在醒來嘗到一嘴血味，才知道他沒聽她的話。

奧德莉甚至為此還重言「罵」過他，可她忘了，安格斯本質上是個瘋子，除了在早上醒來發現嘴裡的血腥味更濃之外，並沒有任何變化。

她見說服不了他，索性不再逃避，看著安格斯在腕上劃刀子比夜裡他胡來要好，至少這樣自己還能替他止血包紮。

直到前些日奧德莉的傷口開始長新肉，才勸得動他停了日日餵血的想法。

但昨日早晨，奧德莉發現安格斯手腕上好不容易結疤的傷又浸出了血，夜夜共枕而眠，他用那隻手做了什麼，她稍一思索便猜了個大概。

本想等著他開口索求，他卻半分不提，奧德莉以為他或許能自己解決，眼下看來，他只是在強忍著而已。

忍成這樣，倒有些惹人憐愛了……

安格斯自己碰那根東西和由奧德莉掌控完全是兩種感受，他幾乎有大半月沒和奧德莉做了，肉莖敏感得不行，淫水吐了一股又一股，奧德莉碰沒幾下就射了。

安格斯咬住唇邊一縷散開的銀髮，悶哼著把肉棒往奧德莉手心裡送。

從奧德莉碰他開始到射出來，整個過程都沒超過十分鐘，黏稠的精液一大股一大股噴射在奧德莉掌心，她些許訝異地睜大了眼，掐了把根部碩大軟彈的囊袋，「這麼舒服嗎？」

安格斯身軀一抖，喘息聲瞬間變了調，身後的尾巴繃直了又無力地落下去。

他身下被玩得濕黏一片，淫靡不堪的味道透過被子滿溢出來，充斥在房間裡，奧德莉慢慢撫摸著替他延長著快感，等他喘勻了呼吸，才抽出手，在他腹上把一手黏液一點一點擦乾淨。

她揉了把他發熱出汗的腹肌，沒打算費時間清洗，準備就這樣擁著人睡覺。

「睡吧。」她道。

但安格斯絲毫沒有要把褲子拉起來的意思，方才半軟的東西不過半分鐘又生龍活虎地貼上了她的大腿。

手掌撩開柔軟的薄綢裙，他拉著奧德莉的手把他濕浪不堪的粗長肉莖壓在她脂肉軟膩的大腿上，金瞳如獸類泛出微光，他咬著她的耳朵，嘶啞道：「小姐……再來一次……」

——番外一〈撫慰〉完

番外二　恃寵而驕

時入深冬，天氣越發寒冷。

奧德莉傷口痊癒已有一段時間，安格斯似是擔心她身上會留疤，每日早晚替她塗著祛疤的藥。

如今胸口只留下了一個淺粉的柔嫩傷痕，想來不用多久，便能恢復如常。

碎雪洋洋灑灑從天際飄落，近岸蔚藍海面凍結成冰，大大小小的船隻停靠在岸，天地一片銀裝。

奧德莉畏寒，女僕依照吩咐，一早便點燃了壁爐，將廳殿烘得溫暖通亮。

天氣一寒，事情也跟著少了起來。奧德莉坐在桌旁，透過窗戶賞著窗外的雪，正在享用下午茶。

窗外，幾枝開得濃豔的花朵斜入窗欞，細雪落在花枝上，壓得其抬不起頭。

桌上擺著幾碟茶點和一壺上好的紅茶，茶水滾熱，熱氣如煙，一縷飄得又高又長。

隔著升騰薄霧朝奧德莉望去，精緻眉眼間似有水霧氤氳，深目長眉，昳麗得叫人挪不開眼。

木柴在壁爐裡熊熊燃燒，偏廳裡只聽到星火爆裂的劈啪聲，窗外細雪紛紛，奧德莉看了會風景，忽然覺得身邊安靜得出奇。

並非指耳朵上的安靜，而是總覺得身邊少了些「動靜」。

奧德莉微微側目，望了一眼站在她身邊的安格斯，心中有些疑惑他今日的反常。從早晨起，他就好像在對誰生著悶氣，從頭到尾沒說過一句話。此時站在奧德莉身旁，像扎根的樓柱般紋絲不動。

實在安靜過了頭。

但這莊園裡，他身分僅次於奧德莉，又有誰敢招惹他。

奧德莉若有所思地觀察著他的臉色，將桌上的糕點緩緩推到了他面前。

安格斯心細如髮，最是合乎奧德莉心意。若在往日，他早已將糕點切成方便入口的小塊，擺好盤，遞到她手邊。

然而此刻安格斯分明看見了推到他身前的點心，卻是一動未動，只抬起暗金色的瞳眸，望了眼奧德莉，僅一秒，就把視線收了回去。

他這般不聽話可是不多見，奧德莉凝視著安格斯低斂的眉眼，覺得有些不可思議，她明白過來，問道：「你莫不是在生我的氣？」

候在壁爐旁添柴的兩名女僕眼觀鼻，鼻觀心，大氣不出一聲，耳朵卻是高高豎起。

安格斯嘴角輕抿，低聲回道：「沒有。」

他雖這麼說，但仍是動也不動地站著，眼皮輕輕搭著，黑色睫毛又長又直，在眼尾落下一道柔而朦的陰影，奧德莉生生從他身上讀出了些許委屈。

她興致勃勃地勾著他的腰帶把人拽近，仰面對上他那額髮下彷彿朦紗的金色眼珠，仔細回想了一番他態度何時開始變得古怪。

好像是昨日自己與他去參加莉娜女兒的三月宴上。她抱著那小肉團子親了一口時，安格斯表情就有些不對勁。

奧德莉越想越覺得有趣，又問了一句，「你當真在跟我置氣？」

安格斯仍是否認，「沒有。」

奧德莉「唔」了一聲，沉默半晌，突然屈指敲了敲桌面，道了句：「出去。」

安格斯未動。

女僕們愣了幾秒，才猛然意識到，奧德莉是在吩咐她們。兩人站起來，低著頭行過禮，連忙退了出去。

離開時，還輕輕地把門帶上了。

廳內只剩奧德莉與安格斯兩個人，驟然安靜下來。

爐火溫暖得叫人犯睏，奧德莉卻是難得好興致，她伸手去勾安格斯垂在身側的手，問他：「跟我說說，你在生什麼氣？」

她好似只是隨口一問，說話時，溫熱的手指攀上安格斯的手背，順著袖口摸進去，輕撫他腕上那道疤痕。

顯然生氣的安格斯比他生氣的原因更叫奧德莉感興趣。

她腳尖點地，將椅子轉了小半圈面向他，挑逗似的，另一隻手勾著他的褲腰往下探。

安格斯瞧見這動作，表情頓時就有點忍不住了。

「脾氣這麼大？」奧德莉自然發覺了這一點，卻裝作沒看見，她挑了下眉，問道，「是氣我昨日親了那小傢伙一口？還是氣我這幾日沒和你上床？」

那小傢伙自然指的是莉娜剛滿三月的女兒，正常人誰會跟小孩吃醋，但如果是安格斯，怕是放隻貓在奧德莉懷裡，他都嫌牠礙眼。

纖柔手指摸過腹股溝，奧德莉輕掐了把他凸起的髂骨，玩弄似地揉按著掌下緊實的肌肉，「嗯……好硬，放鬆點。」

安格斯面上一片清冷，卻在奧德莉碰到他碩大的東西時，喉結迅速地上下滑滾了一下。

他從以前那般馴順的模樣變成如今這般叛逆性格，也不過是應了「恃寵而驕」幾個字。

如今奧德莉在意他，他自然有恃無恐，想些方法作怪，引得他的小姐來哄他。

他已經不是第一次幹這種事了。

那東西蟄伏在褲子裡，大而鼓的一包，溫度滾燙，和奧德莉以前碰到時的觸感不一樣。

此刻它半軟半硬，又軟又彈，指腹往下一摁便能輕輕陷進去。

奧德莉解開他的褲帶，再勾著褲腰往下一拉，裡面分量極足的東西便露了出來。深紅色一根半翹著立在空氣裡，在奧德莉的注視下輕輕顫動了一下。

薄透的表皮下青筋緩緩跳動著，圓潤的龜頭些微上翹，還沒怎麼碰，頂端的小口已經濕了，整根肉莖粗長碩大，猙獰得似一隻醜陋淫蕩的小怪物。

奧德莉用食指將它挑至眼前，兩指夾住肉菇下那道深溝，翻來覆去看了個仔細，道了句：「好色……」

安格斯聞言，一聲快要溢出的哼喘頓時被他吞進喉嚨。

奧德莉離得很近，很是認真地在打量它，安格斯甚至能感受到他的小姐呼出的氣息，濕熱氣體均勻地拂過他的肉棒。

奧德莉也不管安格斯是不是還在吃醋負氣，四指包住眼前的小怪物，拇指在鈴口處重重刮了一下。

安格斯頓時繃緊腰腹，一時不察，張開嘴，從喉管裡擠出了一聲又沉又啞的低喘。

短短小半聲，奧德莉剛聽見，他便咬著牙憋了回去，似是在強忍著不肯失態。

汗水從他額角浮上來，奧德莉淺淺笑了笑，握著他的東西沒放，「忍得住嗎？要不要輕點？」

口上雖然在問他，奧德莉卻沒有要給安格斯選擇的意思，白淨手指鑽進肉棒根部下墜著的兩顆碩大的囊袋間，進進出出地在中間摩擦起來。

不過兩下，整根肉莖便翹立在空氣中，精神抖擻得可怕。

奧德莉這幾日身子不適，好長時間沒碰他，此時底下兩顆精囊被精液脹得滿滿當當，連肉褶都被撐平了。

深紅的囊袋夾著奧德莉纖細雪白的手指，手指一抽動，粗長陰莖便被抽弄得胡搖亂晃，就像是她在用一根手指和兩顆精囊交媾。

這畫面太過淫靡，衣著華貴的女人端坐在椅子上，身形高瘦的男人面對面站在她面前，長褲鬆垮垮勾在腰臀，露出的腰腹、肉莖正對著女人豔麗漂亮的臉。

怎麼看都該是男人占據上風，事實卻是女人用一根手指便將他玩弄得薄汗津津，呼吸大亂。

雖是的確是在被奧德莉玩弄，但觀安格斯興奮收縮的豎瞳，顯然他渴望著奧德莉能做得更過分一些。

門已經關上，窗戶卻還是開著的，隨時都可能有人從外面經過，一眼就能看見裡面的人在做什麼。

安格斯背對窗戶，擋在奧德莉身前，在奧德莉用另一隻手包裹著他的肉莖毫無章法地上下擼動了幾分鐘後，終於忍不住叫了聲。

「小姐……唔嗯……」

奧德莉用拇指抵著冠溝向龜頭頂收攏的地方，緩慢地摩擦起來，挑高眼尾瞥了他一眼，「怎麼？捨得開口了？」

安格斯看著她眼角那道狹長媚豔的弧線，抬手摸了一下。

他情動時口中總是喜歡胡亂喚著小姐、主人……並不需要奧德莉回答，只是魔咒似地哼叫她的名字，越是爽得失態，越是念個不停。

汗珠一滴滴順著腹肌滑落，手裡的性器也越來越濕，動作間，衣襬掉下來，擋住那漂亮有力的肉體。

奧德莉鬆開肉莖，撩起衣襬遞到安格斯嘴邊，「叼著。」

「是……」安格斯聽話地張開嘴，咬住自己的衣襬，在奧德莉收回手時，他還伸出舌頭在她手上舔了一下，濕濕鹹鹹，是他自己的味道。

然後下一秒，安格斯就沒有多餘的心思去在意這些了。

他甚至根本沒反應過來，就見奧德莉張開紅唇，將他的肉莖含進了嘴裡，龜頭擦過兩排牙齒，奧德莉輕輕地，在那硬彈的肉菇上咬了一下。

安格斯驀然發出一聲壓抑短促的悶哼，龜頭滑入濕熱的口腔，幾乎是同時，龜頭頂端的小口便流出了一道味道濃烈的水液。

味道淫靡，叫奧德莉抬頭看了安格斯一眼。

安格斯的反應叫她有些意外，她想過他會很舒服，卻沒想到會這麼舒服。

他黑髮汗濕，眉心深斂，脖頸眼周鱗片層層浮現，像是快要化形。低頭目不轉睛地盯著她，金色豎瞳含著水光，叼著衣服的薄唇都在發抖。

……有這麼爽嗎？

奧德莉想著，又往裡吞了一小段，舌頭一捲，舔過敏感的馬眼，將它吐出的水液給攪開了。

安格斯伸手扶著長桌，喉嚨裡哼得斷斷續續，喘得氣息不勻。

那東西太大，進入時，抵著奧德莉的舌頭一路推到舌根，也不過才勉強含住小半。

口水不受控制地分泌，奧德莉費力地吞了一口，喉管收縮，頰肉縮緊，嘴裡的性器瘋也似地跳動了兩下。

安格斯爽得腰眼發麻，他看著奧德莉吞吐自己肉莖的模樣，尾巴和長角通通冒了出來，腹肌起伏著，像是快要射出來的模樣。

奧德莉第一次做這種事，含入後，舌頭舔著熱硬的龜頭，吞吃的動作不緊不慢。

貴女們都說，只有妓院裡的妓女才會心甘情願地舔男人的這根東西，聞起來腥臭，吃起來難受。

奧德莉卻不覺得，安格斯日日沐浴，身上總是乾乾淨淨。腿間這根小怪物誠實乖巧，醜是的確醜了些，倒也還算可愛，稍微逗弄一下便乖乖地伏在口舌裡，一邊吐水一邊顫動。

聽頭頂傳來的喘息，看見安格斯露出隱忍難耐的表情，也叫奧德莉生出了一種奇特的掌控感。

安格斯不知道奧德莉在想什麼，單單是他的小姐含著他的肉莖舔弄這件事，就足夠他爽得頭腦發昏。

口裡的性器越來越濕，鹹腥的前列腺液吐個沒完，安格斯小腹緊繃，汗水一滴接一滴從額頭往脖頸裡滾，滑過胸膛，掉到腹下毛髮間。

他不敢動腰，怕傷到奧德莉，只好咬著衣襬哼喘，祈求他的小姐能快一些。

尾巴纏上奧德莉的手臂，豎瞳中間漫開一道血線，快感積累如潮，全身的血氣都在一波一波朝腹下湧。

奧德莉像是察覺到了安格斯快要射出來，她用牙齒勾著他的龜頭深溝，舌面壓在頂端的小口上，將噴薄欲出的精液死死堵在了裡面。

安格斯腰身一顫，口裡叼著的衣服都掉了，他整個人都開始發起抖來，伸手握住奧德莉的手腕，聲音都喘到變了調，「小姐……嗯……啊……讓我射……」

奧德莉「唔」了一聲，口裡卻仍堵著肉莖，安格斯絲毫沒有辦法，被完完全全掌控射精的欲望讓他莫名興奮，性器甚至在這種情況下還脹大了一圈。

難受卻是一分不減……

奧德莉一手握著兩顆碩大囊袋，另一手四指還在肉莖上擼動，直到安格斯的聲音聽起來嘶啞得像是快哭了，她才收回舌頭，讓他痛痛快快地射精。

紅唇含著堵過頭的肉莖輕輕一吮，再鬆開時，鈴口頓時大張，裡面的稠液不停地噴射了出來。

安格斯不是人類，高潮也與人類不同，肉莖射得又快又急，奧德莉含著，勉強吞了大半，喉管被堵得滿滿當當，口中全是安格斯的味道。

或許是因為奧德莉方才堵著鈴口時還在刺激他的東西，此時安格斯射出的東西多得可怕，口中的還未吞咽，緊接著下一股就又湧了出來。

一股股打在敏感的口腔上顎，奧德莉實在含不住，她眉間微蹙，白淨手掌撐著安格斯的腿根，開始一點一點往後退，試著把嘴裡的肉莖吐出來。

嫣紅唇瓣緊緊裹含著正在射精的性器，舌頭搭在下牙上，深紅肉棒上粗實曲長的青筋磨過濕熱柔軟的舌面，像是奧德莉在從根部一路舔弄到他敏感的龜頭。

稠白精液順著唇瓣與肉莖間的縫隙溢出來，順著嫣紅的唇角不斷滑落。

安格斯緊緊盯著奧德莉，金色豎瞳變得猩紅，五指緊緊抓著桌沿，捏出了五道深刻的指痕。

兩瓣飽滿的紅唇溫柔地抿過冠狀溝，龜頭上殘留的精液被奧德莉抿在嘴中，粗長的肉莖從她口中猛地跳出來，半挺著在空中甩過一道弧線，最終斜向下抵在了奧德莉胸前，微微一滑，搭在了柔軟的乳溝上。

龜頭頂端的小口一張一合，還在一點點往外吐精，濃白的液體劃過圓潤的胸乳，往深軟的縫溝裡流。

收攏的衣襟擠壓著兩團肥膩飽滿的乳肉，中間那道深溝似海下神祕的縫口吸引著安格斯的注意。

他強迫自己收回視線，迅速替奧德莉倒了杯茶，指腹貼著茶杯試了試溫度，遞給了她。

奧德莉咽下安格斯的東西，飲過安格斯遞過來的茶水，炙熱的溫度傳遞到柔軟的乳肉上，她低下頭看了一眼。

奧德莉察覺到安格斯滾燙的視線，若有所思地將兩指伸進深長的乳溝，將其扒開，露出一個柔熱的小洞，「想進來？」

安格斯喉間滾了一下，然後又滾了一下，誠實道：「想……」

發燙的尾巴尖繞著奧德莉的小臂圈緊又放鬆，他看了一眼奧德莉，試探著動著腰，將肉棒往乳溝裡插入了一小截。

柔軟綿密的觸感包裹著他，安格斯低吸了口氣，正欲繼續，奧德莉卻突然握住了他的東西，問他：「舒服嗎？」

安格斯點頭，「舒服……小姐。」

「還生氣嗎？」奧德莉道。

安格斯眨了下眼睛，「我沒有生您的氣。」

他哪裡有氣和她生，不過是恃寵而驕罷了。

聽見這回答，下一秒，奧德莉卻替他將東西塞回去，把褲腰給拽了起來。

高挺的性器束進褲子裡，奧德莉也不管他是不是還憋得難受，側目看了一眼一下午都沒動過的點心，伸手在他腹間揉了一把，「我下午茶吃得不好……不給。」

——番外二〈恃寵而驕〉完

番外三　夢境

萊恩做了一個夢，夢裡的他坐在一張椅子裡，正毫無羞恥感地握著胯下脹痛的肉莖自瀆。

他這個年紀的少年，欲望過剩又無處發洩，自瀆是再正常不過的事。即便是在夢裡，也沒什麼好奇怪。

但這次的夢和以往不同，夢裡的他身邊一片黑暗，什麼也看不見，耳邊只能聽到自己壓抑沉悶的喘息聲。

片刻後，四周毫無徵兆地燃起一盞明亮的燭火，火苗搖曳，周圍漆黑的環境很快變得清晰。

肉體拍打聲和男女的低喘呻吟湧入耳郭，萊恩若有所察地抬起頭，發現自己身處一個陌生的房間。而房間裡，正對著他的床上，一對年輕的男女正交纏在一起。

他的夢裡並非沒有出現過女人，相反，有一個女人無數次出現在他的夢裡，可那個女人的身體從來都朦朧不清，像罩著一片透明雪白的紗，絕不可能以眼前這般真實而清晰的畫面出現。

女人背對他分開腿騎坐在男人身上，銀髮散亂垂落肩背，皮膚白皙，渾身上下不著一縷。

銀色的頭髮，萊恩呼吸稍滯，猛地想起在角鬥場見到的奧德莉，猶如被蠱惑般挪不開視線。

男人手臂橫在女人纖細的腰後，腦袋埋在女人胸前，以一個絕對占有的姿勢緊緊擁抱著她。

寬大手掌揉捏著女人的臀肉，白嫩臀部被那隻大掌揉得泛紅，萊恩能看見女人分開的雙腿間濕紅的肉穴，以及男人深深埋在她體內的粗碩性器。

很快，男人便發現了萊恩的視線，他自女人身前抬起頭，長臂一揮，動作迅速地拉過散在一邊的衣服蓋住女人的身體，目光如寒刀徑直射向萊恩。

兩人視線相對，皆是一愣，他們望著彼此，發現對方和自己長著同一張臉。

只是一張青澀未褪，一張成熟盡顯。

奧德莉發現安格斯突然停下，疑惑地隨著他的視線往身後看去，在看清椅子上坐著的萊恩時，驀然睜大了眼。

她神色訝異地看著坐在椅子裡的少年，從頭到腳將他來回看了數遍。

黑髮異瞳，膚色蒼白，活脫脫一個少年安格斯。

萊恩看見奧德莉的臉，並沒有多震驚，畢竟他的夢裡也沒有出現過其他女人。

可是……

他幾不可見地皺了下眉，明明他才是夢境的主人，奧德莉的神色卻讓他感覺像是自己闖進了他們的地盤。

安格斯對奧德莉打量萊恩的行為感到十分不滿，他轉過奧德莉的臉，低頭咬上她的唇瓣，嗓音嘶啞道：「別管他，小姐。」

「那是你嗎……」奧德莉心中震驚不已，哪裡還有心思同安格斯接吻。

安格斯察覺奧德莉的敷衍，蹙緊眉，咬著她的唇低應了一聲，又重複了一遍：「別管他了。」

他們同族之間的感應非常強烈，他能確定眼前這個人就是少年時期的自己，只是不知道為什麼會出現在這裡。

安格斯想起剛剛奧德莉望向萊恩的眼神，煩悶情緒藏都藏不住，他握著奧德莉的後頸，警告地看了一眼萊恩，咬著奧德莉的嘴唇吻得更深。

奧德莉回應著安格斯的親吻，撫順了他的毛後，注意力很快再次轉向了萊恩。

安格斯對從前的自己不感興趣，奧德莉對面前這個十幾歲的安格斯卻是興致盎然。

她從萊恩青澀的臉龐挪到他褪下的褲子，看見那根還被他握在手裡的粉嫩肉莖後，輕輕地挑了下眉毛。

好粉，唔……好像比現在的安格斯小一點。

萊恩輕輕抿住唇瓣，他明顯從奧德莉的審視中察覺到戲謔的意味。

他知道面前這個男人是未來的自己，在成年男人的面前，總感覺此時的自己有些……不夠看。

即便是在夢裡，這也令他有些難堪。

疏解欲望是一回事，坦蕩蕩當著別人的面自瀆又是另外一回事。

這個夢太過清晰真實，萊恩看著奧德莉那張無數次出現在自己夢境裡的臉，忽然感到一陣莫名的羞赧，令他不由自主地鬆開了手。

粗壯醜陋的性器高翹著頭露在空氣裡，在奧德莉的注視下，他的肉莖比他更誠實也更興奮，萊恩垂目拉上褲腰，再胡亂繫好腰帶，把東西藏住了。

然而欲望哪裡是說壓就壓得住的，那東西仍將布料撐得醒目至極，鼓鼓一大包。

在以往的夢裡，奧德莉只是高坐於他面前，如同在角鬥場的看臺上笑得肆意又張揚，從不開口說話。

此時，她的眼神卻令萊恩感到了些許不自在。

但這不過是個夢，萊恩告訴自己，他悶聲看著床上的兩人，準確地說，是看著床上的奧德莉。

他一動不動，像是就要這麼乾坐著，目不轉睛地看著她，一直等到從夢境中醒來。

「怎麼不做了？」奧德莉看著萊恩把怒漲的肉棒藏進褲子裡，她像是覺得他的舉動極其有趣，輕笑了一聲，戲謔道，「難道是因為害羞？」

奧德莉說這話的時候，肉穴裡還夾著安格斯粗大的性器。

「……不是。」萊恩耳尖發紅，下意識否認。

奧德莉從安格斯身上跪直身，埋在體內的深紅肉莖隨著她的動作緩緩拔出，濕亮滑膩的淫液跟著從肉穴裡流出，順著白膩的大腿內側流淌下來，混著一大灘濃稠黏膩的濁精。

纖細的腰，濕紅的肉穴，眼前一切都刺激著萊恩被欲望糾纏的神經，短短幾秒，頂高的布料便染開了一攤深暗的水色。

但他還在忍著，沒有任何動作。

安格斯似乎知道奧德莉想做什麼，他手快地握著她的腰，試圖想攔著她，但卻沒有攔住，眉頭一時皺得比萊恩還深，低喚道：「小姐。」

奧德莉安撫地在他唇上吮了一口，「你看看以前的自己，連自慰都不會，你不教教他嗎？」

安格斯哪裡經得住奧德莉的柔情，但以前的自己是什麼德行他再清楚不過，有賊心沒賊膽罷了，又有什麼不會。

奧德莉跪在安格斯身後，胸乳壓在他肌肉緊實的肩背處，白膩乳肉壓得變形，在燭光下看起來柔軟得不像話。

奧德莉察覺到萊恩的目光，她一隻手扶在安格斯肩頭，另一隻手牽著他的手掌去摸腿間濕漉漉的性器，紅唇啄吻在他耳郭，「摸給自己看看，教教他是怎麼做的……」

說吧，纖柔手掌直接帶著安格斯粗糙的手掌緩緩在硬挺的性器上撫弄起來，精液、淫水，濕漉漉沾了奧德莉一手，她在他腿上擦去，又握住那脹挺的肉棒，「水怎麼這麼多？」

奧德莉撫摸著安格斯的性器，視線卻放在萊恩臉上，由衷在安格斯耳側感嘆道：「你看，那時的你好嫩啊，還會臉紅……」

安格斯對從前的自己絲毫不感興趣，他偏過頭，伸出舌頭去舔奧德莉纖細的頸部，彷彿在宣示主權，探出犬牙，輕咬在了奧德莉脆弱的喉管。

萊恩盯著兩人，怎麼也沒想到兩個人竟然當著他的面做這種事，密長的眼睫顫了一下，翻湧的血色從臉上蔓延至脖頸，甚至瞳孔都要被面前這淫浪的一幕給燒紅了。

他看著那隻握在安格斯深紅肉棒上的白嫩手掌，竟然真的再次將褲子裡擠得脹痛的肉莖掏出，跟隨著她撫弄的速度搓動起來。

奧德莉五指只能將安格斯的性器圈住一半，拇指按在龜頭頂部的馬眼上畫著圈，指腹紋路磨蹭著馬眼裡敏感脆弱的嫩肉，刺激得安格斯腰都有些抖。

鈴口翕張著，輕咬著奧德莉柔嫩的指腹，她壓著手指用力往小洞裡鑽，聽見安格斯壓不住的喘息，笑著去咬他的薄唇，「你怎麼比他還浪……」

安格斯沒說話，只乖乖張開嘴讓奧德莉攪弄他的舌頭，他握著自己的性器，長指上細小的疤痕摩擦著柱身皮下等的青筋血管，擼動時不停發出咕嘰咕嘰的水聲。

萊恩看著奧德莉垂目專注地親吻著安格斯，身體裡逐漸升起了一股極其怪異的快感，透亮的淫液從頂端深紅的小口泌出來，彷彿她親吻著的是他自己。

萊恩低喘著，額間汗得濕透，他只當眼前的一切都只是一場夢，只當他日夜所思的臆想終於在夢裡成真。

他不再有所顧忌，目光掃視過奧德莉裸露的皮膚和姝麗的面容，手背青筋凸顯，喘息聲越發急促。

這浪蕩又青澀的姿態很快便吸引了奧德莉的注意，萊恩能感覺到她落在自己肉棒的視線，像是帶著溫度，燒得他面色發燙。

想碰她……

萊恩咬緊了牙，踩在地上的長腿微微曲起又落下，粉嫩的肉棒在手心裡揉搓得亂晃，底下兩顆飽脹的精囊微微甩動著，儼然一副快要射出來的樣子。

而安格斯被奧德莉揉搓著敏感的龜頭和馬眼，也好不到哪裡去。

終是少年敗下陣來，在一聲響起的哼喘聲裡，稠膩的精液從大張的鈴口猛然噴射而出，劃過空中又落到冰冷的地面，隨後一股又一股，糊了他滿手。

與此同時出現在眼前的，還有一條按捺不住從腰後跑出的長尾巴。

黑色鱗尾比起安格斯的小了一些，鱗片在燭光下閃著碎光，像是還沒完全長大。萊恩還並不能很好地控制化形，不然尾巴也不會突然跑出來。

長尾落在腳下亂甩著，尋到金屬桌角後立刻盤上去絞緊，上下滑移，不停地摩擦著鱗片，猶如一條發情的黑蛇。

奧德莉看到這條尾巴，實打實地愣住了，安格斯明明是在她死後才化形，而眼前的少年顯然還沒到那個年紀。

「你怎麼會——」奧德莉還沒問完，就被安格斯沉著臉奪去了注意。

他重重咬在了奧德莉頸上，咬完又伸出舌頭在牙印上輕輕舔舐著。

他握著奧德莉的手包住敏感熱硬的龜頭，挺腰用力操弄著她柔嫩的手心，身後甩出尾巴同樣鑽進奧德莉手裡，與肉棒並在一起摩擦擠弄，眉心深斂，「主人，別看他，看我……」

比起只能自己撫慰的萊恩，膩在奧德莉身上的安格斯看起來反倒更加欲求不滿。

安格斯深知奧德莉身體的滋味，射過一次後，便不滿足於僅僅操弄她的手心。怒脹的粗長肉棒上掛著一縷縷黏膩的厚濁白精，粗大龜頭在奧德莉掌中不停亢奮地跳動，馬眼一張一合，像是一張小嘴在吻弄柔軟的掌心。

安格斯用小臂錮著奧德莉的細腰，薄唇黏在她頸間皮膚上，伸出舌頭一下又一下舔舐著奧德莉皮膚下的血管青筋，口中含糊祈求道：「主人，我想進去……」

他還記得萊恩出現前自己在她的肉穴裡射了多少，她裡面還含著他之前射進去的精液，此時柔嫩的內壁一定被潤得又軟又熱。

安格斯聲音不大，但恰好叫萊恩聽得清清楚楚，少年腦海裡幾乎立刻便浮現出了奧德莉背對他騎在安格斯腰上吞吃肉棒的淫靡畫面。

晶瑩汗珠順著他脖頸滑下，萊恩滾了下喉結，只覺身下的東西又脹痛起來。

奧德莉撫弄著安格斯的後頸，並不制止他過於黏膩的親吻，反倒仰高了頭方便他舔吻自己，她屈指彈了下安格斯挺翹的龜頭，嘆道：「才射過，怎麼這麼快又硬了……」

她說這話時，不動聲色地往萊恩胯下瞟了一眼，看見那同樣挺立著的粉嫩肉棒時，什麼也沒說，眉尾卻挑高著輕笑了一聲。

這明豔的笑容叫萊恩一瞬間愣住了，他看著她，彷彿又回到了奧德莉在角鬥場的看臺上揚唇輕笑時的場面，清晰又突兀的吞咽聲響起，他喃喃喚了一聲，「夫人……」

少年清亮的嗓音叫人心動，透著股說不明的沉沉欲色，只可惜他聲音太輕，奧德莉並沒有聽見。

安格斯卻是聽得清清楚楚。

他從奧德莉肩上抬起頭，面無表情地瞥了一眼椅子上坐著的少年，隨後又繼續含弄著她的肌膚。

他就像一隻被別人發現了珍藏寶物的野獸，刻意在奧德莉身上烙下一個又一個鮮豔的吻痕，以這般幼稚的方式來宣誓主權。

咬在脖子上的兩排利齒，磨牙似的力道輕輕重重，奧德莉自然察覺到安格斯的情緒不定，但也只是縱容著他鬧。

寬大的手掌緩緩鑽入奧德莉腿間，在萊恩的注視下，安格斯微微分開了那雙白皙軟膩的大腿。

濕豔紅糜的花穴暴露在眼底，隨著大腿分開的動作顫巍巍地抖了幾下，濃稠的精液從那條合攏的肉縫裡溢出來，不知道之前被射了多少進去才能流得這樣厲害。

這一幕完完全全地落進了萊恩眼中，十幾歲的少年頂多在妓院裡聽到過女人的叫聲，哪裡見過這種生動淫亂的畫面，他一時像是被蠱惑住了，眨也不眨地盯著奧德莉腿間看。

那順著大腿往下流的精液多得停不住，被軟穴含得溫溫熱熱，一時之間，房間裡滿是淫水精液的氣味。

安格斯垂重咬住奧德莉一縷銀髮，身後的黑色鱗尾難耐地用力甩動了一下。

他併起兩指刮起奧德莉大腿上的濃精，熟練地操進肉縫，將精液又送回了肉穴裡，長指深深破開肉壁，指尖一路觸及到併攏的細嫩宮口。

指甲在那處輕刮了一下，奧德莉腰身一顫，驀然掐緊了他的背肌，紅唇微張，「嗯唔……輕點……」

這一聲實在誘人至極，叫得兩個人都心癢難耐。

溫熱濕軟的肉壁裹吸著兩根侵入體內的長指，曲起的指節不斷磨蹭著敏感酥軟的軟肉，安格斯拔出手指，將精液一點點送回軟紅的肉穴，可來來回回，又立刻隨著體內濕亮滑膩的淫液流了出來。

咕啾水聲在這夜裡響亮得不像話，萊恩死死盯著那個被安格斯兩根手指輕易撐開的若隱若現的肉縫，喉間乾渴得有些澀疼。

貴族小姐那裡都這麼浪嗎？還是只有她那裡才流得出那麼多水……

萊恩面紅氣喘，少年稚氣的眉眼間帶著一抹羞赧，偏偏手裡做著與此極不相稱的下作淫事。

他手裡揉弄著硬挺不堪的肉棒，龜頭鈴口不斷泌出黏膩的水液，黑色尾巴從桌腿上收回，纏在自己小腿上不停地摩擦，分明極其不自在，視線卻直盯著奧德莉，活脫脫像個脫下褲子誘惑女人的放蕩妓子。

萊恩或許不知道自己有多勾人，但安格斯知道。他的小姐喜歡看他紅著臉發浪的模樣，更何況是少年時期的自己。

比起成熟的安格斯，萊恩就像是半熟的青果，身上一股驅之不散的少年氣息，多滋多味，讓人想摘下來嘗嘗酸甜。

果然，奧德莉很快便被紅著臉喘息的萊恩再次吸引了注意力，見萊恩目不轉視地盯著她腿間，奧德莉抬起眼睫，藍寶石般的雙眸直直望向少年，綿言細語道：「想看嗎？」

萊恩濃密的睫毛倏然顫了幾下，那張和安格斯相似卻猶顯稚嫩的臉上在奧德莉眼前藏不住心思，他幾乎脫口便道：「想……」

像是害怕奧德莉沒有聽見，他說完，停了兩秒，又道了一句：「……想，小姐。」

不只想看，還想摸，想用舌頭舔……想像這個男人一樣用兩根手指操到您發騷發浪，把精液射進您肚子裡……

萊恩眨了下眼，他似是為自己的想法感到羞愧，短暫地避開了奧德莉的注視，但很快便忍不住又將視線移回她身上。

角鬥場的短暫一面後，高高站在看臺上的奧德莉便成了萊恩日夜求之不得的綺夢。

這個世道人人性情涼薄，只求自保。身為奴隸的萊恩得到的善意更是少之又少，那日的奧德莉像是陡然照入他生命裡的一束光，短暫卻明亮，僅僅幾眼便足以叫他念念不忘。

他揣著她扔給自己的短刃，靠著那一點幾乎不可能成真的妄念，走過無數個生死相接的夜。

他夢見她無數次，卻沒有哪一次比今夜的夢更加逼真。他知道眼前的一切都只是一個夢，他還是不可自抑地陷了下去。

然而更可怕的是，萊恩知道，當夢醒之後，他只會陷得更深。

聽到萊恩的回答後，安格斯的臉色已經無法只用難看來形容了。

奧德莉背對安格斯坐在他身上，飽滿挺翹的臀肉壓在他腿根，後倒著將纖瘦的背脊貼在了他寬闊結實的胸膛上。

這般，她的身軀便完全展露在了少年眼中。

安格斯緊緊摟著奧德莉的腰，醋得胸口都開始悶疼，「您就這麼喜歡他嗎？」人總是貪心得令人生厭，在奧德莉面前，安格斯更是心眼小得水都滲不進去。

奧德莉握住安格斯摟在她腰間的手臂，緩慢地在萊恩面前分開雙腿，手握住被壓在臀縫下跳動的性器，仰頭去吻安格斯的下頜，「我喜歡他，只是因為他是從前的你。」

奧德莉抬手撫上安格斯輕闔的右眼，指尖勾過他的眉心，安撫道：「我愛你，自然覺得從前的你也可愛討喜，但無論如何，都遠不及你萬分之一，有什麼好吃醋的？你見我多看過別的什麼人一眼嗎？嗯？」

安格斯只知他的小姐能言善辯，卻不知他的小姐哄人也是一把好手，三言兩語便叫他胸口發熱。

他認命地偏頭去蹭奧德莉貼在他臉上的手掌，垂目低聲道：「我也愛您，我只愛您……」

夾在柔嫩臀縫裡摩擦的肉莖跳個不停，濕滑龜頭若有若無地蹭過唇瓣，奧德莉低吟一聲，抓著肉莖往穴口塞，「別蹭了……安格斯，進來……」

安格斯將奧德莉的臀瓣微微提起，肉莖抵在吐精的穴口，「是，小姐……」

兩片飽滿濕潤的肉唇軟得如同豔紅的蚌肉，碩大龜頭才輕輕貼上去，那道顫巍巍的肉縫便滲出了淫亮的水液，像是受了刺激，急劇地吮住菇頭收縮了一下。

「好硬……」奧德莉浪叫著，眉眼一片柔媚之色，白皙雙腿大張，萊恩甚至能看見她腿根斑駁的鮮紅吻痕和一個個醒目的牙印。

腿心的肉穴更是吸引人，咬著龜頭便不再放開，一吸一吮地吃著肉棒頂端馬眼吐出的前精。

安格斯壓著喘息，探入兩指將嫣紅的肉唇分開，隨後拖著臀肉的手一鬆，粗大的龜頭一舉便碾開內裡的肉褶，撞進子宮，將肥嫩肉穴頂了個透。

安格斯這一下頂得又深又重，奧德莉的肚皮都被頂得高高隆起，肚子裡的精水順著肉穴咬住肉莖的交合處淅淅瀝瀝流出來，她蹙緊眉低吟一聲，腰身如一彎清月般弓了起來。

安格斯的東西太長，從奧德莉白皙的小腹到肚臍之上，肉棒的形狀都被印得清晰可見。

萊恩緊盯著奧德莉顫抖的肉穴，看見她張開腿吞吃面前男人的肉棒，叫他恍然有一種得償所願的錯覺。

奧德莉反手摟著安格斯的後頸，低喘著問椅子上看呆了眼的少年，「看清了嗎，女人的這裡長——呃嗯！」

奧德莉話未說完，裹在子宮裡的龜頭突然便被吃醋的某人拔了出來，粗硬的肉冠棱邊脫離子宮口，不等奧德莉適應，安格斯又挺腰重重操了進去。

安格斯顯然不滿意自家小姐將注意力放在萊恩身上，故意要操到她舒爽得再不能顧及旁人分毫。

他抬手抓住一捧軟膩的乳肉，一聲不吭地就這般往裡狠操起來。

但動了兩下，便被奧德莉捏住了肉莖根部墜著的精囊，這一下掐得安格斯又痛又爽，險些直接射出來，也迫使他不得不慢下來。

他低吸了口氣，將喉口壓抑的痛呼咽回了肚子裡，有些委屈地在她發上蹭了一下，「小姐……」

奧德莉靠回他背上，又替他輕輕揉了揉脆弱的精囊，蹙著眉喘息道：「那麼急做什麼、嗯啊……輕點……」

安格斯在奧德莉披散的銀髮上蹭了一下，燭火下金瞳拉得細長，口裡低聲應著「是」，胯下卻還在把肉莖根部往裡擠。

眼睜睜看著調情的兩人，萊恩只能可憐地獨自摸著胯下脹紅的性器，擠弄吐水的粉嫩龜頭發洩，身上的鱗片一片一片冒出來，短短二十分鐘，椅子腿都快被他發情的尾巴給纏爛了。

一大一小，皆是浪得不行。

安格斯動作的確慢了下來，只是每一下都頂得更深更重，粗硬的龜頭擠開脆弱的宮頸撞進拳頭大小的子宮，那飽脹感太過突出，緊窄的子宮頸如一個彈軟的肉環，立刻絞緊了蠻橫頂入的性器。

安格斯已經進入這裡太多次，內裡的軟肉像是熟識了這野蠻操弄的侵入者，以致肉莖每次一頂進去，子宮就如同受到莫大的刺激般吮緊了它。

奧德莉叫安格斯不許太快，他便故意將性器深深嵌入宮口，在酸軟濕熱的子宮肉壁上重重碾過一圈，再緩慢往外拔。

這是奧德莉身體裡最敏感脆弱的地方，藏在穴道深處，哪裡經受得住這樣，可偏偏被安格斯輕易地操到了底，攪弄得內裡泌出一腔豐潤溫熱的淫液，泡著敏感濕熱的龜頭吮吸擠壓。

安格斯爽得直吸氣，每當他緩緩退出時，硬挺的肉棱便會深深卡在收縮咬緊的宮頸裡，需要近乎粗暴地往外拽扯，穴內肉壁都因他的動作蠕動顫慄起來，才能刮過嫩軟的宮頸肉，咕啾一聲抽拔出來。

奧德莉身軀輕輕發顫，操弄不過數次，紅唇都被她咬出了幾枚淺白的印痕。她無力地靠在安格斯身前，垂下手摸到交合處已經滿滿吃到根的粗大肉棒，眉心微斂，「唔……太深了……」

安格斯親吻著奧德莉汗濕的面頰，並不答話，若在平時聽見奧德莉難耐地輕聲哼吟，他早已忍著欲望盡心盡力地服侍起來。

但今夜奧德莉太過忽視他，叫他醋意積滿了一大缸，只想操到她舒爽得看不到旁人，倒在他懷中騎在肉棒上放浪地高潮。

他心眼小，他的主人早就知道。

安格斯操弄的動作時慢時快，奧德莉唇縫中溢出一聲聲拖得細長的呻吟，一雙大腿繃得緊直，似是承受不住這般磨人的快感，不由得併攏了膝蓋。腿根白膩的脂肉緊緊夾住肉莖，也擋去了腿間的好風光。但很快，坐在椅子中獨自撫弄著性器的少年便看見安格斯用尾巴纏著奧德莉的腿彎，將她一條長腿高高吊起，使那個被粗大肉棒磨到出汁吐精的淫浪肉穴再次暴露在他眼底。

萊恩脖頸上青筋繃顯，手中握著性器，緊盯著安格斯深紅的粗碩肉莖從脹滿的肉穴中操進又抽出。

安格斯動得慢，肉穴被性器操開的每一步萊恩都看得清清楚楚，腹下暴脹而不得釋放的性欲逼得他不由得幻想起來，自己的性器插進奧德莉的肉穴裡會是怎樣的滋味，又該有多麼舒爽。

少年眉心緊皺著，臉上露出一種茫然又痛苦的神色，五指一刻不停地揉搓著胯下硬挺的長物。腹中欲火燒得越來越旺，但任憑他怎麼努力，都得不到絲毫疏解。

他想操她，萊恩甚至有些恍惚地想著，她那裡那麼小，先前還只是一道濕紅窄緊的肉縫，現在卻能撐吞下那個男人如此粗實的肉棒，或許再撐一撐，也能將他的肉莖也一併吞進去。

他不求太多，只半根就夠了，用她的淫穴吸著他的肉棒吃一會兒，或許他就能射出來了……

幾聲木頭斷裂的聲音驟然響起，奧德莉聞聲看去，見萊恩一雙異瞳變換不定地

深深凝視著她,那和安格斯相似的眉眼色深濃,唇縫抿得緊直,木椅扶手已被他捏碎了。

十幾歲的少年比不得如今的安格斯穩重,額上犄角不知何時冒了出來,在燭光下泛出如黑晶石般的堅硬光澤。

他後腰鑽出的黑鱗長尾纏著椅子腿無意識地摩擦擠弄,額邊覆著片片半透明的灰黑色鱗片,像是個初次發情卻不懂如何洩慾的可憐幼獸。

奧德莉看見他這副有些狼狽的放浪模樣,心中陡然升起一股憐愛之情,兩指分開被安格斯操得紅腫的肉唇,叫他清清楚楚地看那根性器是如何野蠻地頂開軟熱的嫩穴,全根沒入後,又貼著肉壁抽出。

內裡紅豔的媚肉被肉棒帶出些許,流出的淫液將她的臀肉潤得濕亮,奧德莉開口問道:「如何、唔⋯⋯看清了嗎?」

那顫抖柔媚的嗓音不斷刺激著萊恩的神經,他腹間薄薄的肌肉一瞬收得極緊,但他卻閉著嘴不肯吭聲,連喘息也都一併壓回了喉間。

少年一身不知何處去的傲氣在此時突然發作起來,但也僅是如此了,那雙漂亮異瞳射出的直白視線半分沒捨得從奧德莉身上挪開。

相比安格斯,萊恩實在還太嫩了,他未經情事,不知道一個男人輕而易舉便能將女人侍弄得這般舒爽,奧德莉嘴上雖在哼哼著要安格斯輕些,底下卻吞吃著男人的肉棒不肯放開。

萊恩深吸了一口氣，汗水一顆顆順著腹股溝流下去，潤濕了性器根部被揉得亂糟糟的毛髮，不提粉嫩的性器，他連腿根的毛髮都不及安格斯濃密茂盛，整個人似一根正在拔高的青木，看起來比安格斯小了一截，也比安格斯乖巧不知多少，十足一個半大少年。

奧德莉看著他，腦子裡突然冒出一個念頭，她前世怎麼沒早些發現安格斯這般有趣。

她想著，轉頭去看身後的安格斯，無需她多說，安格斯便主動將嘴唇湊上來供她舔咬。

奧德莉輕輕含住他薄潤的嘴唇，含糊笑道：「你要早些像這般脫了褲子引誘我……嗯……哪還用得著夜裡偷偷來……」

安格斯動作一滯，垂目定定看著奧德莉面上的笑，不知怎麼突然動得更凶了，他低頭咬在她肩頭，意有所指道：「……我那時太年輕了，除了蠻幹什麼也不會，會讓您失望。」

奧德莉聽著他面無表情地指桑罵槐，呻吟都到嘴邊了，卻是硬生生笑了出來，但那笑只持續了半聲，便被安格斯一記重頂逼成了細碎哼吟。

萊恩顯然也聽懂了安格斯的話，他卻沒能反駁。

如果面前抱著奧德莉操弄的換作任何一個男人，萊恩可能早已上前去把奧德莉搶過來。但眼前的人偏偏是未來的自己，無論是性事還是能力，安格斯都是他永遠也無法超越的人。

即便他再不甘心，也得承受這一點……

安格斯身下操弄著奧德莉的肉穴，手裡也不安分，將奧德莉綿軟的乳肉抓握在掌心，拇指與食指捏著頂端上那一點柔嫩的嫣紅乳尖揉搓。

他早已熟知奧德莉身體各個敏感處，這對胸乳更是被他玩弄過無數次，不過一會兒，萊恩便眼睜睜看著那紅櫻果般的乳首在男人指尖泌出了點點白膩的乳汁。

他目露驚色，又覺喉間乾渴得發癢，他看見安格斯將那胸乳整隻微微托起，而後垂下頭將乳肉一口吃進了嘴裡。

這畫面太淫靡不堪，安格斯似是故意以此向萊恩宣告自己在奧德莉心中的地位，唇舌並用，大口吃著綿軟細滑的嫩乳。

舌面舔過乳尖發出黏響水聲，乳汁香甜的味道飄到萊恩鼻中，少年喘息著，重重咽了口唾沫。

奧德莉舒爽得瞇起眼，她瞥見萊恩掙扎又痛苦的神色，抬手揉摸著安格斯的黑髮，「你看看自己……嗯……那麼可憐，你不去、啊嗯……不去幫幫自己嗎？」

安格斯皺緊眉看了少年時期的自己一眼，低下頭，捧著手裡的乳肉又吸了一口甜膩的乳汁，「不要。」

奧德莉身前兩隻胸乳都軟得不像話，一時被微微拉長，一時又被安格斯揉捏成各種形狀，豐盈的乳肉從男人指縫中露出來，滿溢得握都握不住。

安格斯含過一隻，又換另一邊，萊恩眼睜睜看著奧德莉身前兩隻嫩乳被男人吃得齒痕深重，泛開一片斑駁紅色。

奧德莉口中更是呻吟不斷，不消一會兒，她便抓緊了腰上的手臂，猛地弓起腰，片刻後，又顫抖著倒回了安格斯身上。

萊恩起初還不知道發生了什麼，見奧德莉身下的肉穴發瘋般死死絞弄著男人操入的性器，才知道她是被一邊吃乳一邊操穴到了高潮。

奧德莉高潮後，整個人變得極度敏感，呻吟聲裡都帶了哭音，穴裡晶亮的淫水更是堵都堵不住。

但安格斯卻還不肯停，甚至挺動著腰胯一下又一下操得越來越快，穴口都被搗出了白沫。

安格斯吻上奧德莉的嘴唇，緊緊地摟著她的腰身，膩歪地一聲聲喚道，「小姐……主人……」

萊恩幾乎要被眼前這一幕逼瘋了，他面頰紅暈如霞，眼眶也染上了紅潤水色，肉棒直挺挺立在空氣裡，他覺得身體裡像是燒開了一把火，汗水不停順著下頜往脖頸淌，手掌都被自己的性器撞得麻木，卻是怎麼也射不出來。

這哪裡是什麼春夢，這分明是一場酷刑。

很快，因高亢的情欲，少年連握著肉棒的手掌也控制不住地半化為獸爪，鋒銳的利爪連性器都難以握住。

堅硬冰冷且毫無溫度的椅子腿也再不能滿足他情動的獸尾，尾巴煩躁地啪啪甩動著，不由自主地往面前的奧德莉身上纏。

可惜尾巴連床沿都沒挨到，便被安格斯發現了。安格斯似是被他這個行為徹底激怒，他將性器從奧德莉身體裡抽出來，驟然化作龐大獸形，粗壯長尾飛掃上前，重重地甩開了萊恩的尾巴。

他動作太快，奧德莉還沒反應過來，只聽「砰」的一聲，眼前光影猛地一晃，房間裡燭火驟然熄了大半，

安格斯粗壯的四肢撐在奧德莉上方，金色獨目怒視著萊恩，從喉中擠出一聲極具震懾力的怒吼。

「滾開——」

萊恩反應過來自己做了什麼，也是深深皺緊了眉。雖然在夢裡，他卻有種種強烈的感受，眼前的女人並不是他清醒時渴望的奧德莉，至少並不完全是。

安格斯憂心吼叫會傷到奧德莉的耳朵，便將聲音壓得低沉，但在緊閉的房間裡，這嘶吼聲也足以叫人心顫。

那粗碩深長得恐怖的性器破開腹下柔軟的鱗甲，半翹著貼在奧德莉光滑汗濕的身軀上，頭部壓著奧德莉嫣紅腫軟的乳首，不停地跳動著，獸莖頂端的小口吐著淫

水，將方才被他吃紅的乳尖潤得濕亮，顯然是臨到高潮時被迫停了下來。

也難怪氣得發狂。

奧德莉平躺在床上，仰面看著將她牢牢護在身下的安格斯，抬腿輕輕在他身上蹬了一下，「那麼生氣做什麼，橫豎都是你自己的尾巴，抽壞了怎麼辦。」

她話音一出，安格斯頓時收了滿身戾氣，低下頭有些委屈地在她胸前蹭了一下，寬厚的舌頭在她胸前舔過，隨後屈起後肢坐下，上身半撐在奧德莉身上，將硬挺粗長的獸莖貼在她身上蹭動起來。

像是擔心奧德莉不同意，他還拖長聲音撒嬌似地輕哼了一聲。

他獸形足有數公尺高，胯下的東西亦是不可小覷，分量十足地壓在奧德莉身上，她連氣都喘不太勻。

奧德莉屈膝在他柔軟的腹甲上蹭磨了幾下，蹙眉輕喘著道：「重，起來，換個姿勢……」

安格斯便爬起來，等奧德莉背對他跪坐床上，迫不及待地將粗碩猙獰的肉棒抵進她雙腿間，從下方頂了上去，粗大滾燙的龜頭劃過柔軟平坦的腹部，深深埋進了柔軟飽滿的乳溝裡。

從萊恩的視角看去，奧德莉就像是抱著這根粗得可怕的野獸肉莖，跪坐著騎在粗大的肉莖根部，被肉莖與怪物堅硬的腹部夾住了。

那肉棒冒著腥膻的熱氣，小口流出晶亮的淫水，並不難聞，是一股極重的情液味道，奧德莉低頭看了一眼，面上都被熏得有些發熱，「水怎麼流成這樣……」

安格斯低吼一聲，用尾巴將肉莖與奧德莉的腰身一併捆縛住，挺著胯在她溫熱的身軀上重重磨蹭起來。

肉莖磨過身下濕軟的肉穴，奧德莉抓著尾巴穩住身形，感覺穴裡先前被堵在裡面流不出來的水液像是洩洪般淅淅瀝瀝滴落在了床面，像是爽得失了禁。

面前這一幕反差太大，野獸漆黑的鱗甲和女人雪白的軀體，不像是在交合，反倒像是粗蠻橫的野獸抓住了一個漂亮的女人，正在獸性大發地姦淫她。

萊恩眼睛都紅了，他倒在椅子裡，無助地提起腿又放下，學著安格斯的樣子用尾巴裹住性器擼動起來。

長尾如同一條黑蛇淫浪地褻玩著他的粉嫩肉棒，冰涼的觸感給予了肉莖莫大的刺激，久不得釋放的情欲似是終於找到了突破口。

劇烈累積的快感順著脊骨攀爬而上，少年的喘息聲似快慰又飽含痛苦，安格斯尾巴抽他的力道狠重至極，簡直像奔著要斷了他的尾巴來的。

可此刻，那痛楚在激烈暗湧般的情欲面前變得不值一提，他半化的獸爪緊緊抓著桌沿，黑色長尾纏著腿間的肉莖，將整根性器都裹進了圈圈纏繞的尾巴裡，只從盤起的尾巴縫隙中才能稍稍看見少年粉嫩的肉棒。

萊恩看著抱住安格斯肉棒撫慰的奧德莉，喉中抑制不住地溢出了聲聲難耐的粗喘，少年清亮的嗓音已經舒爽得完全變了調。

奧德莉收緊雙腿，夾緊了安格斯在她腿縫裡進出的碩大肉棒，手裡不停撫摸著肉莖柱身上那一道從根部延伸至肉冠溝的蜿蜒長筋。

頭頂的安格斯不斷發出低吼，前爪如同踩奶的貓踩動著床面，性器頂端的小口翕張著流出淫液，奧德莉低下頭，在獸莖再次操進乳溝頂上來時，伸出舌頭在那縮動的馬眼上重重舔了一口。

濕軟的舌尖從敏感至極的小口微微鑽進去，又隨著安格斯抽出的動作而快速分離，舌尖帶出一股腥黏的水液，幾乎瞬間，安格斯便長吼著繃緊了尾巴。

濃腥的稠白精液從肉莖大張的馬眼裡陡然噴射而出，奧德莉沒想到他反應這麼激烈，猝不及防地被射了半身。

披散的銀髮、夾著肉棒的乳肉，甚至白淨的臉頰、來不及閉緊的口中，全是安格斯射出來的東西，一股接一股，量多得像是失禁。

奧德莉閉上眼，咽下口中的東西，她揉撫著身前的性器，用掌紋摩擦著敏感濕潤的肉菇鈴口，在安格斯受不了低下頭來舔她時，抬起頭與野獸形態的他接了一個綿長的吻。

萊恩看著床上親密無間的一人一獸，在這超越他想像力的荒淫畫面前，尾巴突然絞緊了胯下的性器，與此同時，腹下驟然升起一股激烈的快感，瞬間淹沒了他的思緒。

尾巴抽離，堅硬發燙的鱗片狠狠摩擦過敏感脆弱的肉莖表面，飽經情欲折磨的少年終於痛痛快快地射了出來。

他渾身肌肉繃得死緊，如燒燙的鐵器，唯獨肉莖微微上下甩動著，射出濁白的精液，打濕了他的小腹。撫慰過久的肉棒即便在射精時也感受到了一股難言的痛苦，但這份微不足道的痛苦在令他眼前發黑的快感面前不值一提。

就在這足以燒毀理智的快感裡，萊恩眼前的場景像是圈圈波紋蕩開，如同夢開始時那般，房間裡的燈燭一盞一盞地熄滅，視野迅速變暗，一切通通消失在他眼前。

萊恩倏然睜開眼，他看著眼前漆黑簡樸的房頂，一時像是還沒有從夢裡的快感脫身而出，他睡在床鋪上，急促地喘息著。

他回味著夢中經歷，抿著唇，從袖口掏出了那把鋒利的短刃，他目不轉睛地看著嵌入柄中的碎裂紅寶石，腦中再一次浮現出了記憶深處那抹飽滿漂亮的紅色。

他忍不住地，用嘴唇在那寶石上輕輕地碰了一下。

忽然，少年蹙了下眉心，他若有所察地展開手掌，在那本該完好無損的掌心裡，出乎意料地看見了幾根扎進皮膚的木刺。

夢境與現實猛然交會，天空驟然炸響一聲驚雷，少年睜大雙眼，在寂靜無邊的深夜裡，聽見了彷彿從幽谷傳出的、自己心臟猛烈跳動的聲音。

——番外三〈夢境〉完

番外四　野犬

卡佩莊園，書房。

「城主頒布新令，目的是為穩定權貴，維持城內安定……」來自宮廷的侍官站在房中，恭恭敬敬地對坐在書桌後的奧德莉道。

侍官年過半百，說話慢慢吞吞，卻是精神極好。他手捧新令，已經站著念了有十多分鐘，看樣子大有要把手中那張長逾半人高的紙一字一字念完的架勢。

人是城主派來的，奧德莉再不耐煩也不能下令趕人，只能坐在椅子裡，單手支著頭，興味索然地聽他絮絮叨叨。

除了侍官，一同前來的還有一名獸人青年。

半年前，長著犄角和長尾，滿身鱗甲的巨大野獸橫空出世，在城中引起了不小的恐慌。

人類本對獸人抱有極大的敵意，但後來當他們知道獸人原是由人類變換而來，與人類同根同源後，這份敵意便驟然變得模糊不明。

並非對獸人抱有惻隱之心，而是沒有人知道自己死後會不會也變成怪物。

於是，在城主的鐵血手腕下，獸人在人類族群裡開了一條生存之道。

城內局勢短暫動盪了三月，便在新政安撫之下漸漸平息。

人類與獸人的關係雖有所緩和，但大多數人類對體格遠強於自己的獸人仍抱有警惕之心。

在人類與獸人共同生存已成定局的現今，雙方都以慎始敬終的態度在摩擦求和。

獸人不會以原形大剌剌走在街上，人類也不會在看見他們時嚇得直接尥蹶子跑路。

然而，此刻挺直肩背站在奧德莉書房裡的青年，卻是明目張膽地甩著尾巴露出了長角。

卡佩家族乃貴族首流，城中顯赫。奧德莉更不是什麼普通貴族，他此番隨心所欲的舉止形態，足以稱得上挑釁冒犯。

即便奧德莉要因此殺了他，旁人也不能奈何分毫。

但奧德莉態度卻十分隨和。她不僅沒有出聲斥責他，反而在一旁的侍衛戒備上前，欲制止他失禮的行為時，以眼神示意侍衛退下。

她看著獸人青年坦蕩蕩露在外面的黑色長尾，漫不經心地想，原來他們的尾巴長成這樣……

午間春光正好，黑色鱗片在陽光下反射出綺麗斑斕的微光，並不明亮，但足夠吸引人的目光。那條長尾根部粗粗壯壯，尾巴尖卻是細長。

青年的尾巴光滑漂亮，看起來十分有力，有近兩公尺長。尾巴在他穿著長靴的小腿上纏了數圈，因此他不得不稍稍分開雙腿站立。

奧德莉赤裸的目光掃過那雙筆直的長腿，她神色未變，眼神卻在那截勁瘦的腰身上停留了一秒。

青年看起來身形高眺，那修身腰帶勾出的肌肉輪廓惹眼至極。奧德莉不動聲色地挑了下眉，眼神再次向上，最終停在了男人清冷俊逸的面龐上。

青年眉眼微垂，黑色短髮看起來稍有些亂，漆黑如黑耀晶般的兩隻額角從亂髮中支出來，安靜又張揚。

「夫人？奧德莉夫人？」侍官提高聲量，連喚數聲才叫回奧德莉遊離的思緒，見她轉頭看向他，他再次問道，「您意下如何？」

奧德莉根本沒聽他在說什麼，她從侍女手中接過侍官呈遞上來的書文，大致掃了一遍。

侍官趁這空擋，側過身看向站在他身後一言不吭的萊恩，臉上平靜了半個小時的表情忽然就有些繃不住了。

侍官雖位份不高，卻跟在城主身邊多年，對萊恩的身分有幾分底，這些年來，他從沒見這個男人這樣安靜過。

侍官抬手擦了擦汗，聽見前頭傳來奧德莉的問話，「我方才沒聽見，勞煩先生再說一遍。」

奧德莉示意侍女端上熱茶，侍官謝過，飲了半口，清清嗓子再次道：「城主聞您素來體弱多病，深感憂心，」他頓了頓，轉身指向萊恩，「此奴隸乃獸人，體魄強健，其血有滋補之效，將他贈予夫人，望您身體安康。」

侍官說完，書房裡安靜了好一會兒。

奧德莉遲遲沒有說話，她像是覺得侍官的話荒唐無比，笑了一聲，視線如利劍直直射向侍官，「你的意思是，城主要我以他為藥，飲血強身？」

侍官顯然同樣覺得這理由荒謬無稽，可他不過是傳城主話，能有什麼辦法。

他避開奧德莉的目光，咳了一聲，彎腰頷首，強撐著底氣道：「獸人身姿迅疾，力大無窮，您將其作侍從帶在身邊，也無不可，皆……看您喜歡。」

侍官說完，頓了片刻，又想起什麼似的，把話頭拐了回來，「城主還囑咐，獸人之血能強身健體一事，望您切莫聲張……」

春風湧入房間，奧德莉靜靜看著安靜站在侍官身後猶如一件貨物被肆意贈人的青年，輕聲應了一句，「勞先生回話，替我謝過城主。」

城主送來的人，奧德莉無法拒絕，也不能拒絕。

冷靜過後，她竟詭異地認為城主此舉並非毫無道理。

奧德莉這些年明面暗裡替城主做了不少事，而體弱又的確是她多年不得醫治的頑疾。若這獸人青年只是個奴隸，血液又有強身的奇效，確實是個令人稱心的好賞賜。

奧德莉不是什麼聖人，也不覺得飲奴隸之血有何不可。不如說時而放一碗血便能自由自在地活著，對一名身強體壯的奴隸而言，已經是令人豔羨的活法。

侍官離開後，奧德莉思索了片刻，抬手示意青年走近。

她仔細地端詳著他的面容，在看清他那雙漂亮稀有的異瞳時，腦海裡頓時浮現出一個瘦弱的身影。

奧德莉坐在椅子裡，不動聲色地屈指敲了敲桌面。

她平生只見過一雙入目難忘的眼睛，便是來自於四年前，那個在角鬥場脫穎而出的奴隸少年。

如果那個少年還活著，算一算，除了身量拔得過高了些，也的確該如面前青年一般的年歲。

奧德莉看著他，問道：「你叫什麼名字？」

萊恩聽見她的聲音，神色未變，但奧德莉看見他纏在腳腕上的尾巴尖微微地動了一下，他緩慢地眨了下眼睛，像是在思考這簡單問題的答案。

而後，他回道：「我沒有名字，小姐。」

他的嗓音帶著二十歲青年特有的清亮，語氣卻異常沉穩，聽不出起伏。

奧德莉只在死亡線上來回無數次的人口中聽見過這麼靜如止水的語氣。

她並不意外，若他真是當年從角鬥場殺出生路的少年，性子再如何怪異沉默都是正常。

奧德莉的目光在他頭頂的犄角上停留了好幾秒，緩緩道：「從今日起，你便叫安格斯。」

聽見這個名字，男人飛快地抬起眼睫看了她一眼，但很快，他便低下了頭。

奧德莉本以為安格斯是個乖巧聽話的男人，可方才那一眼，才發現他長眉下那雙罕見又漂亮的異色眼眸異常冷厲。

然而目光卻又像是燒著火，帶著不可忽視的溫度，牢牢在奧德莉身上炙烤了一秒。

奧德莉看見他的喉結快速地滑動了一下，神色眨眼間變化又很快恢復如常，像是因這個名字想起了什麼往事。

但他只是點頭應道：「是，小姐。」

奧德莉沒多想，又問他：「你知道城主將你賜予我，是要你做什麼嗎？」

安格斯點頭，「知道。」

他怎麼會不知道。將自己送給奧德莉本就是安格斯賣命三年向城主提出的條件——以城主之口，將他以藥引的身分送給她。

如此一來，即便奧德莉不喜歡他，也會因為他能入藥這一用處而將他留在身邊。

安格斯費盡心機，淌過無數詭譎黑夜，求的便是今日來到她身邊。

此刻如願以償，叫他有如置身夢中的恍惚感。

安格斯猶是一株向光而生的花，本可以爛在泥沼裡苟活，可一但見過光，就再不肯回到黑暗裡去。

奧德莉便是那束他期盼多年的光。

為掩人耳目，奧德莉為安格斯安排了一個近侍的身分。

半日下來，奧德莉深覺安格斯非常稱她心意，他不吵不鬧，安安靜靜十分聽話。

獸人的血似乎確有奇效，奧德莉下午飲過一小碗，此時伏桌忙至深夜也不覺累，反倒比平常更加精神。

書房裡燭火通明，奧德莉處理完事務，轉頭看向了站在門口的安格斯。

他下午將身後那尾巴收了回去，此刻不知怎麼又冒了出來，勾著腳踝伸出一截尾巴尖，貓尾似的一晃一甩。

配著那張面無表情的臉，莫名地勾起了奧德莉的興趣。

她倚進木椅裡，安靜看了一會兒，突然出聲道：「安格斯，過來。」

安格斯似乎一直在等奧德莉喚他，她開口的瞬間，他便轉頭望向了她。

一雙異瞳映著燭光，透如晶石般的光澤。視線牢牢落在她身上，神情雖是沒什麼變化，腿上纏著的尾巴卻是歡快地輕甩了一下。

聽見奧德莉叫他過去，安格斯立刻大步走近，在她面前站定，喚道：「小姐。」

垂著的尾巴若有似無地擦過她的裙襬，不知是有心還是無意。

安格斯的尾巴靈活至極，撩撥完便縮了回去，乖乖貼在他的小腿上，彷彿無事發生。

安格斯似乎並不知道自己的尾巴做了什麼，他安靜站著，如一名忠心護主的守衛，等待著奧德莉下一步指令。

不知道是否所有獸人的脾性都如安格斯這般溫順，但安格斯寡言聽話的態度顯然十分得奧德莉的意。

獸人體溫比人類低許多，安格斯同樣氣息冰涼，身上還有一股說不明的香味，如一團看不見的清霧，將奧德莉籠罩其中。

高大身形遮擋住了奧德莉面前幾縷昏黃濃烈的燭光，奧德莉看著那條纏在安格斯腿上的黑色長尾，突然伸出手，毫無徵兆地撫上了那光滑泛光的鱗片。

她力道不輕不重，安格斯卻像是被烈火燎了一下，貼在大腿處的尾巴猛然一顫，奧德莉甚至能感受到鱗片下的尾部肌肉陡然收緊的堅韌感。

恍若一條發力纏緊的黑蟒。

奧德莉驚訝於他的反應，她捏了捏手裡的鱗尾，頭也不抬地問道：「怎麼這麼敏感，以前沒有人碰過嗎？」

她語氣有些不可置信，彷彿在說居然有人能忍住不去碰他這條勾人的尾巴。

她不知道，安格斯根本沒讓幾個人看見過他獸態的模樣。

過了一會兒，頭頂才傳出安格斯的聲音，他聲線低沉：「……沒有，小姐。」

奧德莉抬頭看他，這才發現反應激烈的何止是尾巴。

安格斯兩瓣薄唇抿緊，雖已在極力維持平靜，但耳朵尖都燒紅了，橙黃燭光照在他身上，顯現出幾分介於少年和青年之間的青澀感。

哪裡還有片刻前神色平淡地晃著尾巴守門的模樣。

安格斯容貌年輕，看起來比奧德莉還小上幾歲，但大概也有十七八九了，奧德莉怎麼也沒想到他會有如此羞赧的反應。

叫人實在……驚喜。

奧德莉沒說話，她緩緩動著手指，就這麼一點點在堅硬冰涼的鱗片上撫摸挪動，感受著那與人類皮膚全然不同的堅硬觸感。

這尾巴不比它的主人穩重，安格斯的神情已經漸漸平靜下來，可那尾巴仍在她手下瑟瑟地顫。

奧德莉將緊貼在褲子上的尾巴完全握進手裡中，柔軟溫暖的手掌嚴絲合縫地貼合上鱗尾，順著往尾巴尖的方向滑動。

這舉動早已超出了主僕間應有的距離，卻誰也沒覺得有什麼問題。

掌下的鱗片逐漸被熨得發熱，她聽見安格斯的呼吸聲變得沉重起來。

纏在小腿上的尾尖輕輕滑下來，柔若無骨地躺在奧德莉掌心，長度快垂及地面。

手心裡的黑色鱗尾分量重得驚人，奧德莉提了一會兒，手腕便有些痠，她昂頭看向一言不發的安格斯，將尾巴遞給他，「自己用手提著。」

安格斯看向奧德莉明豔張揚的臉龐，白皙的長頸上喉結明顯地滾動了一下，他垂下眼睫，視線掃過那片玫瑰似的豔麗唇色，低聲應道：「……是，小姐。」

安格斯的膚色是久不見陽光的白，手背指骨都只見青紅筋脈，不見血色。

蒼白手指乖乖握著長尾，將它遞到奧德莉身前，任奧德莉翻來覆去地玩弄他身為野獸敏感至極的一部分，自始至終沒有顯露出半點牴觸的情緒。

不如說，他十分享受。

畢竟他已經渴望太久。

尾尖的溫度比尾巴中段高上不少，細長的尾尖似一條黑色小細蛇纏繞在奧德莉白皙的手腕上，奧德莉只捏了一會兒，安格斯便受不住了。

尾巴尖一顫一顫的，閉合的鱗片扇動著，像受了刺激的蚌殼般微微張開又合上，就連他腿間的性器都鼓了起來。

粗長一根緊束在褲子裡，桌上燭火透亮，將肉棒的形狀清晰地顯在了布料上。實在敏感得令奧德莉吃驚。

安格斯呼吸聲沉重得壓不住，臉都紅了一大片，奧德莉揉搓著他發燙的尾巴尖，抬目看他，「知道怎麼服侍人嗎？」

安格斯愣了一下，反應過來後緩緩點了下頭，「知道，小姐……」

他說完，奧德莉卻不見多滿意，面上不動聲色，握著他尾巴的手卻驟然加大了力道，「誰教你的，你的上一任主人？還是……前幾任主人？」

身為一個奴隸，安格斯長得太過出色，身形挺直，腿長腰細，那張臉就連眼光挑剔如奧德莉也找不出半點不是。

容貌出眾卻地位低下而無力自保。求生也罷，遵循自己的欲望也罷，這副身體服侍過他人，才算正常。

奧德莉卻是一點也高興不起來，她心高氣傲，並非樣樣都要最好，但也絕不將就別人用過的。

東西是這樣，人也不例外。

她想著，突然放下了手。被揉搓得發顫的細軟尾尖無力地滑出掌心，但立刻又打了個旋兒急忙勾住了她的手腕。

「沒有，小姐。」安格斯匆忙道，他像是知道她在想什麼，快速地解釋道，「只是從前混跡髒汙之地時，目睹過幾次。我……沒有人碰過我，也沒有人教我……」

奧德莉突然冷淡的態度讓他極其慌張，安格斯毫不猶豫地在她腳邊單膝跪下，握住木椅扶手，出自野獸的本能，將奧德莉困在了他與椅子之間。

似是擔心奧德莉並不信任自己，那雙綺麗漂亮的異瞳直直凝視著她的眼睛，安格斯重複道：「沒有人碰過我，小姐。我是乾淨的……」

說完，他又低下頭，眉心極重地擰了一下。

他不過一個奴隸，而身為一個奴隸，身上哪裡有乾淨的地方。

世人生性偏愛可憐漂亮的東西，奧德莉也不例外。

她今年已二十一歲，既無意嫁娶，也未養情人，身旁的貴女早早想著這家俊逸的青年、那日自街頭行軍而過的騎士，而奧德莉卻只想著如何在一眾兄弟姐妹中爭權奪勢，手掌大權。

如今見了安格斯，身體裡才像是陡然燒燙了一把火，想要嘗一嘗人人深陷其中無法自拔的肉體之歡。

奧德莉並不知道獸人的血液有催情功效，更不知道安格斯此時一舉一動都在有意無意地引誘她。那晃動的黑鱗長尾、身上散發出的惑人香氣，甚至無意流露的脆弱氣息，皆是他拋出的誘餌。

奧德莉只當自己心血來潮，不過欲望來勢洶洶，無法抵擋罷了。

安格斯姿態卑弱，黑色細尾卻牢牢攀著奧德莉纖細的手腕沒有鬆開。

奧德莉反手握住他的尾巴輕輕拽了一下，開口時，溫柔聲音恍如一道微不可察的風拂過他耳畔，撩人至極，「有多乾淨？」

安格斯愣住，而後耳尖的紅瞬間蔓延至白淨俊逸的臉龐，他猶豫地看向她，伸手握住腰帶，手指輕輕蜷縮了一下，「您要……看看嗎？」

盞盞白燭將書房照得透亮，書桌旁，皮膚白皙的獸人青年脫下上衣，拉下褲腰，分開雙腿站在衣著華貴的漂亮女人腳邊。

青年肌肉緊實，裸露的前胸後背滿布新舊傷痕，一道又一道。

奧德莉猶記得安格斯曾在角鬥場與人搏殺的場景，瘦弱矮小的少年握著刀刃穿梭在屍山血雨間，下手狠厲，在一群高大的男人之間，猶如飢餓狩獵的幼獸。

沒想到，昔日被人押注的少年，竟真長成了一隻令人生畏的野獸。

安格斯站著，更便於奧德莉觀察他的身體。明明是第一次直面男人的身體，奧德莉卻無半分羞澀，直接在安格斯起伏不定的腹肌上揉了一把。

她還沒來得及說什麼，安格斯便「唔」了一聲往後縮。

奧德莉單手抵著他後腰把人拉回來，「躲什麼？」

胯下裸露在外的粗長肉莖隨著動作晃動了一下，拍在腹上又彈落回去，最後硬挺著翹在了空氣裡。

和溫涼的體溫不同，那根肉莖溫度很高，散發出一點腥熱的氣息，又硬又長的一根，粗碩得令奧德莉吃驚。

的確如他所說，十分乾淨，不像是被人碰過。

奧德莉仔細看了好一會兒，出聲問他：「獸人的性器都像你這樣的……粉嫩嗎？」她低頭端詳著他的身體，安格斯看不見她的臉，但他聽出了她輕笑的口吻。

安格斯不知道奧德莉是否會喜歡他這根東西，畢竟男人的性器看起來實在醜陋又猙獰，時而像尾巴一般不受控制，不知道什麼時候就會硬挺得發疼。

安格斯甚至不知道自己會不會輕易地在他的小姐面前射出來……

他抿了下嘴唇，回道：「我不知道，小姐。我沒見過別人的……」

安格斯說這話時，尾巴還纏在奧德莉手上，越收越緊，像一節攀附寄生的藤蔓，貪戀她溫暖的體溫。

如果奧德莉允許，他甚至想用這條尾巴將她綁在自己身前，身體擠壓著身體，皮膚緊緊相貼，沒有一絲縫隙地感受她豐盈軟熱的身軀。

但現在還不是時候……

奧德莉一隻手順著安格斯的腹肌往上撫弄，另一隻手滑過緊實的下腹握住了他脹痛的肉棒。

五指收攏的瞬間，她聽見安格斯控制不住地哼了一聲，龜頭頂端縮動，發浪的濕紅小口立刻流出了一股晶亮的水液。

濕濕黏黏，淫靡得叫人心驚。

安格斯自己都數不清這些年有多少次夢到了奧德莉，無數個白日深夜裡的幻想終於成真，足以令他興奮的血液都沸騰得滾燙。

奧德莉用食指輕輕刮去順著怒脹龜頭往下流的淫液，她伸出舌頭沾了沾，潤紅的嘴唇合上輕抿了一下，評價道：「腥。」

安格斯看著她的動作，喉嚨緊縮了一下，怎麼也沒有想到奧德莉會將他的東西吃進嘴裡，他抬手輕輕抹去奧德莉嘴唇上殘留的水液，「小姐，髒……」

奧德莉不以為意，將被淫液潤得濕漉漉的手指送到安格斯嘴邊，「嘗嘗？」

兩排密長如鴉羽的眼睫輕輕搭下，安格斯沒有絲毫猶豫地張開嘴含住奧德莉的手指，將自己的淫水舔了個乾淨。

好似剛才說髒的不是他自己。

寬厚柔軟的舌頭纏裹住奧德莉的手指，濕熱的觸感叫奧德莉忍不住在他口中攪動起來。

津液順著安格斯的嘴角流落，奧德莉能從他張開的薄唇後看見乖乖舔弄手指的紅舌。

凸顯的喉結不停地滾動著，安格斯近乎著迷地含著奧德莉的手指吮吸，舌頭舔過柔嫩的指縫又鑽出來，不知道是從哪裡學來的勾引人的招數。

奧德莉看了一會兒，突然抽出手，勾住安格斯的後頸把人拉下來，咬住了那追著手指伸出來的舌頭。

刺痛感從舌面蔓延開來，安格斯彎著腰，瞬間僵成了一塊石頭。

胸膛下的心臟後知後覺地重重跳動，一聲聲震如擂鼓，他不可置信地看著眼前半闔的藍色雙眸，緩慢地眨了一下眼睛。

醉人的馨香無孔不入地將安格斯包圍其中，絲絲縷縷竄入口鼻。和奧德莉唇瓣廝磨的觸感比安格斯想像中更加美妙，令他難以控制地喟嘆出聲。

安格斯嘴唇微動，剛想回應，奧德莉卻已經鬆開了他，紅唇狎暱地在他下唇抿了一下，打趣道：「安格斯，你這樣……當真會服侍人嗎？」

色澤濃烈的紅色口脂染花了安格斯的嘴唇，他有些呆愣地看著奧德莉，張了張嘴，卻是說不出反駁的話。

奧德莉問著安格斯會否服侍人，卻沒有半點要他取悅自己的意思，反倒自己玩得十分興起。

柔軟手掌覆住大半微微鼓起的胸肌，五指用力壓下去，冷白的皮膚瞬間浮上幾個清晰的指印。

軟韌棉厚的觸感叫奧德莉愛不釋手，兩指夾住硬挺的乳尖重重捏了一下，她嘆道：「你這裡倒比女人的還好摸。」

說罷，她摟住安格斯的腰，仰頭輕輕咬住了他的乳首，而後不給安格斯任何適應的時間，直接用細齒抵磨起來。

掌下勁瘦的腰身猛然顫抖起來，安格斯沒想到她會這麼做，喉嚨裡按捺不住地發出兩聲斷續低啞的喘息，「呃……嗯……小、小姐……」

奧德莉昂頭咬弄著他的乳尖，徐徐靠回椅背上，她一隻手搭在安格斯腰後，另一隻手不緊不慢地擼動著他腿間脹痛的肉棒，聽見他的聲音，口中含糊道：「噓，再大聲的話，巡夜的侍從都知道你在發浪了……」

聽見這話，安格斯頓時閉上了嘴，他咬緊牙關，可仍有一聲哼喘從唇縫裡溢出。

奧德莉察覺安格斯的緊張，越發用力地咬著他韌硬舒適的胸肌，用嘴唇抿住硬熱乳尖重重吸吮，像是故意要逼得安格斯再次叫著喘出聲。

安格斯被奧德莉咬得渾身冒汗，汗水一滴滴順著額頭滑下來，他彎著腰，手扶著椅背，不知羞恥地挺著胸膛將乳肉送進他的小姐嘴裡。

本來緊張發硬的胸肌被奧德莉咬得越發酥軟，若不是安格斯緊緊咬著牙，他或許真會像個妓女一樣叫出聲來。

胸口上升起的刺痛和快意一併傳入腹下，安格斯胯間的肉莖便越發硬得脹疼。他已經不知道要顧及哪邊，既想他的小姐咬得再重些，又希望她能用力搓動自己的性器讓他射出來。

安格斯看著一邊啃咬他胸肌乳首一邊玩弄他龜頭上細小穴孔的奧德莉，總覺得這畫面和他想像中有些許不同。

至少……至少不該是他幾近赤裸，而他的小姐還衣裳齊整地坐在椅子裡，將他的肉棒玩弄得不停流水。

但安格斯不可否認的是，他已經爽得要射了。

腹部漸漸浮現出一片片半透的黑灰鱗片，安格斯唇縫已經抿得死緊，可喉間仍是低低啞啞喘個不停。

濕膩軟熱的舌頭裹住乳尖舔弄不止，柔嫩掌心抵著龜頭上的脆弱小孔重重磋磨，濕濡水聲不斷傳進耳朵。

安格斯第一次被奧德莉觸碰，不過五分鐘，肉棒便大張著深紅吐水的馬眼，跳動著在奧德莉掌心裡射了出來。

在奧德莉手裡射精的快感比安格斯自瀆的任何一次都更加美好，幾乎令他神思都恍惚起來，但他又忍不住想，從前所見果然只是個夢境，夢裡被吸著乳不停哼吟的，可不是他……

奧德莉不知道安格斯在想什麼，只想讓他喘得再動聽些，她鬆開安格斯被咬得快要破皮的乳尖，手裡仍握著射精的性器擠揉，從根部緩慢地往上捋，延長那讓安格斯大腦空白的快感。

「小姐、等等……唔……」安格斯腹部緊繃，身軀顫抖地將腦袋埋在奧德莉頸間，扶著椅背的手臂青筋暴起，口中不停求饒，「不、不行，小姐……」

漆黑的鱗尾纏住她的手，過激的快感叫他本能地想將她拉開，卻又在殘餘的理智下控制著力道，深怕弄傷了她。

安格斯這些年耳濡目染，見過不知多少男人服侍女人的技巧。再次遇見奧德莉的那一刻，他便刻意勾引著奧德莉。沒想到事情並不隨己願，脆弱之態做得太過，人沒有碰到，反倒在她手裡射了個透。

奧德莉聽見他嘶啞的聲線，腦海裡忽然有什麼一閃而過。但速度太快，她什麼也沒抓住。奧德莉捏了捏安格斯背上瘦硬的脊骨，放緩了手裡的動作，她側過頭，輕柔地啄了下安格斯通紅的耳郭，聲音低得幾不可聞，「那時就該把你買下來……」

你早該是我的。

——番外四〈野犬〉完

番外五　副作用

深夜，伴隨著聲聲拖長的高昂蟬鳴，皎潔月光掠過窗臺，似汪清澈流水傾入屋內，凝滯在石板地面上。

房間內未燃蠟燭，月光只照亮到床腳旁，留下大片若隱若現的昏暗。

本該是眾人熟睡的時間，此刻房裡卻不斷響起急促難耐的喘息。

聲音輕柔而克制，是女人的聲音，在這夜裡像是蠱惑人心智的魔魅，一聲聲勾魂奪魄。

奧德莉無力地靠坐在床上，一襲淺白睡裙些微凌亂，兩道長眉緊蹙，面頰緋紅，汗濕的銀髮貼在鬢邊細頸處，似是正在承受某種難以忍耐的痛苦。

紅潤的唇瓣上沾著抹濃烈血色，胸口衣領同樣有點點血跡，似捏碎的豔紅花汁濺開在一地白雪上，醒目至極。

往下看去，才見她屈著腿，細白手指隔著衣裙按在腿間，呻吟不止，竟是在自瀆。

這是她的臥室，但房內不只她一個人。床邊幾步遠處，安格斯正沉默站著，異色雙眸在黑暗中亮如火星，目不轉睛地看著她，腿間已經是鼓脹一團。

他唇邊同樣帶著血跡，手裡握著把鋒利短刃，另一隻手的手腕內側劃開了一道駭人刀口。

溫熱血液正從傷口不斷流出，些許在腕間凝固結痂，更多的匯聚成流劃過掌心，順著蒼白的手指低落在地面，在他腳邊濺開一朵猩紅的血花。

顯然，奧德莉身上的血跡正來源於此。

混帳東西……

奧德莉眨了眨眼睛，染開墜在睫毛上不知是淚是汗的水珠，怎麼也沒想到逆來順受裝了半個月的人突然就發了瘋。

安格斯跟在她身邊已半年有餘，期間奧德莉飲他血液十數次。她心思縝密，第四次飲下安格斯的血液後，便發現了獸人血液不易察覺的的「副作用」——令人情欲高漲。

若與烈酒一同食用，更猶如食下春情烈藥，不能自持。

今日她外出赴宴歸來，正是醉得頭腦昏沉，迷迷糊糊之際，被安格斯口對口哺下不知多少腥熱鮮血，此刻體內欲望暴漲，燒得她神昏意亂，煎熬非常。

照落在床腳的月色似是挪動了幾分，又似是沒有。只聽見血液滴落地面的聲音漸漸消失，而奧德莉的喘息聲卻越來越亂，裙襬都堆到腿根了也猶似不知。

大片白嫩的膚色裸露在外，在奧德莉咬著下唇撩開裙子，露出那朵豔紅濕軟的花穴時，安格斯終是忍不住了。

他瞳孔驟縮，喉結滾了滾，出聲喚了句：「小姐。」

奧德莉動作未停，手指陷入肥嫩的肉唇揉了一下，往聲音傳來的方向偏過了頭。

安格斯隱在月光照不到的黑暗中，奧德莉無法看見他完整的身影。但她能感覺到對方身上那股熟悉的冷寒氣息，混雜著濃厚的血腥氣，翻湧著到她的面前，極力彰顯著自己的存在。

奧德莉咽了咽乾澀的喉嚨，嘗到喉頭熟悉甜膩的血液味和一股未散的辛烈酒氣，她收回視線，手指按在凸出皮肉的紅腫陰蒂上，喘息出聲，「誰是你的小姐……」

她呼吸急促而紊亂，雖在譏諷他，但口氣卻像是床笫間的淫語，叫安格斯聽了心頭發顫。

他沒再說話，只屈指輕輕撫摸了下刀柄上那顆碎裂漂亮的寶石，隨後將其收回袖中，朝奧德莉走了過去。

奧德莉聽見腳步聲，眉心緊皺，斥道：「站住！」

安格斯腳下頓了一瞬，但也只僅僅一瞬，便再次動起來，走到床邊才停下。

奧德莉腰身微微弓起，像是沒有看見他，在安格斯的注視下，再一次用手指讓自己達到了高潮。

淫水從肉穴裡緩緩流出，順著臀縫滴落，將身下被子浸出一片濕暗水色。

安格斯呼吸加重，看了眼她腿間那兩瓣發顫吐水的肉唇，又將視線挪到她汗濕的面容上。

他忍不住想，他已有半月沒有在他的小姐清醒時離得這般近。

半月前，一名前來拜訪奧德莉的獸人貴族認出了安格斯，一聲「萊恩大人」令他毫無預料地在奧德莉面前暴露了過去的身分。

此事令奧德莉憤怒至今，足足冷落了他半月。

只要能待在她身邊，即便日日受冷落，安格斯也能忍受，只是——

「您身上有其他獸人的味道。」安格斯忽然道，語氣像是在控訴。

他神色平靜，聲線卻壓抑得發緊。

奧德莉聽見他這沒由來的胡話，皺眉想罵他兩句，但想起他先前往她嘴裡餵血時不管不顧的那股瘋勁，又沒再開口。

她高潮兩次，好不容易才稍稍平復下來，他若再往她嘴裡灌上一口血，今夜怕是不用歇息了。

安格斯見她欲言又止，垂在身側的手握緊了拳，又克制著鬆開。

奧德莉今日並沒有帶他一同赴宴，安格斯不知道她見了什麼人，又為何飲了這麼多酒。

他在家中等了五個小時，漫天飛舞的思緒在見到奧德莉腳步搖晃地走下馬車時猛然崩塌。

她向來謹慎，社交往來無數，但從不在外醉酒，跟了她多年的侍女告訴他，這還是第一次。

她的確是醉了，安格斯將她從侍女手裡接過時她竟沒生氣，只皺著眉窩在他臂彎，催促他走快些。

只是眼下她忘得一乾二淨。

他的小姐是卡佩家族執掌大權的家主，年輕貌美，富貴榮華。脾性、容貌、家世……樣樣頂絕無雙，不知有多少人暗中覬覦，想爬上她的床。

他的小姐無需依傍任何人也能肆意行走在天地間，而他沒有她，卻是連半日都不想多活……

安格斯低著頭目光專注地看著奧德莉汗濕的面龐，如同看一枝沾染露水的荊棘玫瑰。

昏暗環境中，一雙異瞳透出半抹淺淡的墨色，視線追著奧德莉身上的一滴汗珠，看著它從纖細脖頸滾入柔軟的乳溝。

安格斯靜默片刻，突然開口道：「您在流汗，小姐。」

他語氣依舊恭敬，奧德莉卻覺得他像是在說「您在流水」。

安格斯一言不發地彎下腰，臉貼近她胸乳，伸出舌頭鑽進深軟白膩的乳溝，將匯聚在雙乳間的汗珠舔進了口中。

「唔嗯……」

安格斯舔舐的力道極重，奧德莉一時不察，驀然低吟出聲。她避無可避，下意識抬手抓住身前的腦袋，斥道：「誰叫你舔的！下去！」

安格斯紋絲不動。

他一貫如此，床下對奧德莉唯命是從，乖巧得不像話；一到床上，立刻變得耳口聾啞，任打任罵也穩如泰山。

他躬腰伏在奧德莉身上，雙手撐在她身側，將人牢牢圈在自己身前，野獸巡視領地般地輕嗅起她的身體。

微涼氣息噴灑在奧德莉臉頰、脖頸，毛茸茸的腦袋蹭過她鬢邊，撩得她耳郭刺癢。

她偏過頭倉皇避開，一腳往他身下踹過去，有氣無力地罵道：「你屬狗的不成！」

「是。」安格斯徑直承認，他輕輕鬆鬆接住踹過來的腳掌，生了薄繭的粗糙指腹在她白嫩腳背上刮了一下，又一刻不停地順著纖細的腳踝摸上去，聲線低沉，「我是您的狗……」

腦海裡浮現出奧德莉在他面前自瀆的畫面，舔了舔嘴唇。

高挺的鼻尖抵上奧德莉頸側柔嫩的肌膚，冰涼的觸感惹得她輕嘆出聲，她已被情欲折磨得頭昏腦脹，只餘不多的理智苦苦支撐著。

但也是那半分理智持續不斷地在告訴她，安格斯在床上有多會服侍人……

安格斯的手指涼得像冬河裡的石頭，隔著衣裙緊貼著奧德莉的身體撫過，引得她一陣顫慄。

或許連奧德莉自己都沒意識到，自己抬起腿在他腰側輕輕蹭了一下。

她已經習慣了安格斯的身體，情欲如潮，絕非簡單撫慰便可消退。

寬大的手掌柔過纖細的腰身，安格斯不安分地去蹭奧德莉的嘴唇，用舌尖去舔她濕熱的唇縫。

這個吻刻意至極，安格斯並不急於深入，只一點一點含著她的唇瓣吮吸，用的全是奧德莉之前使在他身上的伎倆。

奧德莉一雙藍眸浸得水潤，正被情欲折磨得怒火大盛，哪容始作俑者反客為主、蓄意勾引。

在安格斯再次探出舌尖舔上來的時候，她分開唇齒，仰首一口咬了上去。

齒尖刺開脆弱的舌面，濕軟溫熱的口腔叫安格斯一愣，他還未反應過來，下一秒舌頭就被奧德莉吐了出來。

雖然過程短暫，但安格斯清楚感覺到，那雙飽滿紅潤的唇瓣有意無意地在他舌尖抿了一下。

安格斯後知後覺地抬起眼看她，見奧德莉揚唇笑了笑，刺激他道：「嚐出來了嗎，是哪個獸人的味道？是你之前的同僚，還是外面放浪勾人的奴隸？」

安格斯沒有回答，嘴角卻是顯而易見地壓下去幾分。

他搭下眼簾，跪在奧德莉身側，俯身默不作聲地沿著她的下頜往胸前一路吻過去。

說是吻，實則又咬又啃。微涼的薄唇壓上去，抿著柔嫩的膚肉胡亂親吮，牙齒不知輕重地硌過白皙的皮膚，留下一長串深淺不一的紅痕。

奧德莉痛呼了一聲，但沒制止他，而是覺得安格斯這身難得的小孩子氣十分有趣似地笑了兩聲。

兩人隔得極近，周圍空氣變得燥熱又曖昧，在耳邊不斷傳來親吻的嘬吸聲聲，奧德莉忽然聽見了一兩聲尤為突兀的解帶聲。

她忍著安格斯毫無章法的親吻往下瞥了一眼，看見在她胸前吻弄的人分開了雙腿，長指拉開了褲繩，而後將裡面早已硬脹粗長的肉棒掏了出來。

月光浮動，奧德莉勉強看清了那根東西的模樣。

青筋猙獰，頂端的細縫可憐巴巴地吐著水，龜頭比平時還大上一圈，儼然是憋了太久。

安格斯將東西拿出來的時候，明顯緩了口氣，怕是再束在裡面，都快憋壞了。

他長腿一伸，單膝跪上床，看也不看那東西一眼，就往奧德莉身上蹭。

然而堅硬粗實的肉棒剛抵上柔軟溫熱的小腿，便遭到了奧德莉的阻擋。

她偏頭避開他搔在脖頸的短髮，一時心中怒氣未消，又覺得他火急火燎的樣子好笑。

她屈膝在安格斯胸口頂了一下，「誰准你往我身上蹭，規矩都忘了嗎？」

堅硬的膝骨正正他硌在胸口，不是個叫人舒服的姿勢。

但安格斯卻是不管不顧，沒聽見似的，繼續隔著裙子將奧德莉的胸乳舔咬得濕漉漉，還在動著腰將炙熱粗長的肉莖一點一點從她腿部往上挪。

粗碩的龜頭擦過柔軟汗濕的腿窩時，還在裡面磨了一圈才抽出來。

奧德莉大腿一顫，腹誹道，也不知從哪學來的這些，半年前還連位置都找不準，現在竟已經會到處亂頂了……

肉莖炙熱硬挺，存在感極強地貼著大腿外側滑至奧德莉豐滿柔軟的臀。

挺翹的性器頂開裙襬，薄軟綢裙層層堆積掛在粗實的柱身上，下一步性器本該往腿心裡去，但出乎奧德莉意料的是，安格斯並沒有停下，而是從她胸前抬起頭，分開長腿在她身前跪了下來。

他薄唇濕亮，濃密的長眼睫半搭著，底下兩顆異色眼珠好似也染上了眉睫般的漆黑墨色，又深又濃。

怒脹的性器大剌剌地挺立在奧德莉面前，安格斯盯著奧德莉胸前那道被他舔得濕淋淋的乳溝，膝下往前挪了一步。

當安格斯將那根東西壓在她沉甸甸的胸脯上時，她才終於明白過來他想做什麼。

奧德莉不動聲色地挑了下眉，淫書浪本她看了好些，裡面男女歡愛的技巧也學了不少，但大多都被她用在了安格斯身上，沒想到對方學以致用，忽然起了這般心思。

先前做時，奧德莉總喜歡揉捏安格斯身上那層薄有力的肌肉和一些柔軟之處，譬如柔韌的胸膛、碰一碰便硬如石的乳尖。

安格斯伏在她身上埋頭往裡面頂弄時，奧德莉便捏著他的胸肌，乳尖夾在指縫裡揉搓，安格斯若操得重了，她便用力撚下乳珠，身上的人便會乖乖慢下來。

後來做得多了，奧德莉嘗到了不得掌控的樂趣，偶爾也會由著安格斯胡來。只是在那之後，安格斯勢必要吃上些苦頭。

奧德莉做得最多的，便是讓安格斯面對她站著，撩開衣服紅著臉給她玩胸膛和腹肌，其餘地方一概不碰。

有時在臥室，有時在隨處都可能有人出現的花園、大廳。

他底下消了硬、硬了消，忍得滿頭是汗，但無論多難受也說不出一句拒絕的話，只會喘著粗氣請求奧德莉揉得再重些。

最敏感的時候，奧德莉玩著玩著，他自己就射了出來。

幾月下來，安格斯胸前的乳首都被她吃大了一圈，胸肌上現在還留著奧德莉半月前咬出的齒印。

他作為情人如此乖巧聽話，也難怪奧德莉知他欺瞞後並未給予他任何實質的懲罰。

只是沒想到，不過冷落了他半月，安格斯就發了瘋。

趁她醉酒給她餵血，他起的心思昭然若揭。

眼下，奧德莉胸前兩粒乳尖被他咬得濕透，薄透布料水痕深重，緊貼在翹起的紅腫櫻果上。

紅豔糜浪的顏色透過布料暴露在視野中，色澤豔麗，彷彿輕輕一捏，就要從那熟透的櫻果裡流出香甜的汁水來。

深紅色的粗碩肉棒直直對著她的臉，安格斯衣裳都沒解開。

彷彿要驗證奧德莉的猜想，安格斯望著她胸前被衣襟壓出肉痕的白膩雙乳，在奧德莉些許訝異的神色裡，握著硬得發痛的肉莖，拇指壓低龜頭，將整根肉棒從上至下慢慢插進了她深軟的乳溝裡。

那乳肉豐盈柔軟至極，安格斯才剛剛頂入一個龜頭，兩側的胸乳便軟綿綿地裹住了他，衣襟包著雙乳，擠得乳溝又深又長，兩瓣乳肉貼在一起，濕熱非常，吮著粗實硬長的肉莖不斷繼續往裡吸。

肉棒插進胸乳的感覺和奧德莉想像中有些不同，肉莖表面青筋盤繞，摩擦過乳溝內裡敏感的軟肉，燃起一串難言的快意。

奧德莉並沒有阻止他，卻也沒有配合，反倒安格斯習慣性地在感到舒爽時聲音黏糊地叫她：「嗯……主人……」

這一聲完全出自下意識的反應，安格斯自己都沒想到，叫完臉上神色瞬間瞬住，立刻又不吭聲了。

鐵心要做個啞巴，也不知道在固執什麼。

奧德莉沒說話，卻是沒忍住笑了一聲，心道：這聲叫得可真嬌啊……

他下頜線條繃得分明，聽見奧德莉的笑聲，偷偷看了她一眼，見她唇角勾笑，動得更重了。

深紅色肉棒一點一點地埋進乳溝，畫面靡浪得叫人眼熱，肉莖溫度炙熱，龜頭上小縫流出的水都是熱的。

粗碩飽滿的精囊墜在性器根部，隨著安格斯的頂入重重拍在奧德莉的胸乳上。

這還是奧德莉第一次這麼近距離地看他這根東西，被她注視著似是讓安格斯尤為興奮，性器活力十足地在她的乳肉間彈動了幾下。

安格斯放開握著性器的手，盯著被猙獰肉莖撐開的白膩乳溝，低聲悶喘著，抽動的速度越來越快。

任他大汗淋漓地動了一會兒，奧德莉忽然做出了反應，她掌住他的腰，抬起手在他臀上用力地拍了一巴掌，喜怒難辨道：「舒服嗎？」

「唔嗯——」

這一掌聲音脆響，不知打到哪兒了，安格斯口中陡然溢出一聲壓不住的顫音，渾身上下都僵住了。

這力道對他本不算什麼，但此刻他欲火大盛，脊骨後那截尾巴正冒出了個頭，嫩生生地凸起一小塊，奧德莉這一巴掌正扇在那截微微凸起來的軟骨上。

獸人幻形時最為脆弱，渾身都敏感得出奇，這一掌下來，安格斯險些維持不住人形。

安格斯身後忽然傳來一聲凌厲的破風聲，黑色鱗尾在月色下甩晃而過，長尾鱗甲泛光，下意識勾住了奧德莉的小臂，似乎想纏住她作亂的手。

奧德莉並沒避開，手指摸到他的尾巴根，指甲刮蹭著連接處那圈指甲蓋大小的薄軟鱗片，道了句：「你敢。」

安格斯猛地回過神來，尾巴立刻鬆開了，但並未甩遠，而是回過去小心翼翼地輕搭在了她的手腕上，討好地蹭了一下。

「……不敢，小姐。」

但埋在她胸乳間跳動的肉棒沒有絲毫不敢的意味。

安格斯一時還沒緩過神來，尾椎處仍是酥酥麻麻，尾巴根顫得停不下來。他雙唇抿得緊直，性器深深埋入乳肉中，再次動了起來。但這次抽插的速度很慢，喘息聲也放得極其緩，奧德莉能從他緊皺的眉眼間感覺到他在認真地享受操弄她雙乳的快感。

奧德莉不是男人，不知道這有什麼舒服。

但觀安格斯的模樣，儼然爽得不行。

他將衣襬高高撩至胸下，露出一片緊繃的腹肌，方便他往下看。漂亮的腰線隨著他的動作微微起伏變幻，他像是在操奧德莉身下的肉穴，口中喘息聲不止。

粗長的肉棒操得雙乳汗濕，粗實的柱身將那道乳溝摩擦得越發緊熱，汗液、淫水混在一起，水聲黏膩，咕啾咕啾地在她的乳溝裡響起。

濃烈的情液味道再次勾燃了奧德莉好不容易消褪的欲望，她捏了把安格斯的腹肌，手指順著腰摸到他尾椎，勾著他的尾巴揉捏起來。

他像是長了條貓尾，越摸翹得越高，奧德莉感嘆地道了一句：「你倒是會玩……」

安格斯深吸了口氣壓在喉頭，沒回話，只專注地看著奧德莉低斂的眉眼，放慢了動作。

額上的汗珠一顆顆從眉尾墜下來，落在奧德莉臉上，很快又被他用手指揩去。

他身形高挺，肉莖也長得驚人，碩大的龜頭能從乳溝下方頂出去，再擦過乳肉抽回來。

他做愛是這樣，操乳還是這樣，每次都要全根壓進來再往外退，動作狠重，沉甸甸的囊袋拍打著兩瓣圓潤的胸乳，擦過挺翹顫慄的的乳尖，帶來一串不間斷的快感。

性器操得乳波搖晃，蕩開的肉浪還未停下，豐潤的乳肉又被從上操下來的肉莖擠弄得變了形狀。

奧德莉的衣領被他略顯粗蠻的動作弄得凌亂不堪，露出一側腫脹紅濕的乳珠，顫顫巍巍地立在空氣裡，被欺負得好不可憐。

安格斯凝視著眼底柔軟白膩的膚肉，手掌捧住了兩團肥膩的乳肉。軟肉從指縫裡微微溢出來，拇指壓著乳珠揉捏，等奧德莉舒服了，又擠弄著柔熱的雙乳去裹他的肉棒。

綿軟緊熱的乳壓叫他舒爽得腰身發顫，龜頭脹大，馬眼拚命張合吸咬著奧德莉乳上的嫩肉。

很快，頭頂的喘息便越發急促，眼前的腹部也繃得硬緊，奧德莉察覺他快射了，手指捏著他的尾巴，扣弄著尾巴尖上的細鱗。

安格斯喘得舒爽又痛苦，腰身顫慄，抽弄了幾十下後突然將龜頭埋進乳溝裡，將濃稠的精液盡數貼著乳肉射了出來。

精液裹在乳溝裡，如同包了一汪熱液。

腥熱的白濁多得包不住，在看不見的裙身下，貼著往奧德莉的小腹上流，安格斯憋了太久，射得也多，埋在溫暖的乳溝裡許久都沒有抽出來。

奧德莉察覺不對，握著他的性器從兩團乳肉裡拽出來一看，只剩馬眼沾著點點白精，性器半翹著立在她眼前，早射光了，方才只是插在她胸乳裡回味罷了。

奧德莉抬眉看他，他避開視線，沒說話，只默默從身上掏出一塊乾淨的帕子，分開奧德莉合攏的雙乳，低著頭動作輕柔地去擦她身上沾著的精液。

過了半晌，安格斯忽然問道：「您還在生氣嗎？」

他頭也沒抬，好似只是隨口一問，奧德莉卻感覺他有些緊張。

她看了他一眼，想不通他今晚做了哪件讓自己消氣的事，反問：「生氣又如何？」

安格斯不知道，如果有辦法讓他的小姐原諒自己，也就不會跟在她身邊半月卻連一句話都沒和她說上了。

然而此刻他卻好似開了竅，尾巴緊緊勾上奧德莉的細腰，十分老實地搖了搖頭，「我不知道。」他直直望著奧德莉的眼睛，「您告訴我，要我怎麼做。」

奧德莉迎上他的眼神，頓了兩秒，她揉了下腰上的尾巴，認真道：「以你原來的身分，想來認識不少身強體壯的獸人，不如再尋幾個身家清白又漂亮的給我。」

「身家清白」幾個字刺激到了安格斯的神經，他立即又不吭聲了，但臉上明晃晃地寫著「不行」兩個字。

奧德莉笑道：「那你自己想吧，想通了再來見我。」

「您如果怒氣難消，可以用您喜歡的方式罰我，」安格斯忽然道。

奧德莉聽見這話，剛想說我罰你做什麼，又聽見安格斯接著道：「也可以殺了我。」

奧德莉一愣，怎麼也沒想到他會說這種話，但很快她就明白安格斯並非在開玩笑。

他從袖口掏出了一把熟悉的短刃遞到她手中，而後握著她的手，將脖子毫無防備地伸到了刀下，「或者做任何您想做的事。」

安格斯低頭在她髮頂嗅了一口，毫不在意脖頸被利刃割出鮮血淋漓的傷口，也不在意此時手持利刃的奧德莉是否真的有殺他的想法。

他望著奧德莉的面龐，那雙眼眸猶如初見時在角鬥場望向看臺上的她一樣，「我因您而活，生命也自然屬於您。」

他低頭吻上刀尖，「我是您的奴隸，是您的狗，是您永遠至死不渝的守衛……」

我願為您做任何事，只求您別再冷落我。

——番外五〈副作用〉完

番外六　醉酒

這日秋高氣爽，安娜端著托盤從廚房出來，穿過打掃的女僕，幾步跳上通往二樓的階梯，動如脫兔，盤上精心堆疊的糕點卻是穩穩未晃。

她拐過日光通透的走廊，端著下午茶走向書房，還沒走近，就聞到了一股濃郁的酒香。

書房門敞開了半人寬的縫，她正準備抬手敲門，卻又猛地停了下來，睜大雙眼站在書房門口，目瞪口呆地看著房中坐在書桌後的夫人，以及跪在地上朝夫人索吻的管家。

那一瞬間，安娜的腦子裡反射地竄出一個想法——完蛋，她又要被管家派去打掃那片麻煩透頂的雨後花園了！

這已經是她這一個月來第五次撞見不該看見的畫面了，每次只要被安格斯發現，她都會因自己的魯莽吃點小苦頭。

雖然奧德莉並沒有責怪她，但莊園之事一向由安格斯負責打理，就安格斯在奧德莉事情上的小家子氣，總能找出無數勞苦活讓她第二天累得沒辦法從床上爬起來。

就在安娜胡思亂想之際，她又透過門隙瞧見安格斯單膝跪在奧德莉面前，仰著頭，被奧德莉捏著下巴嘴對嘴地餵下一口烈酒。

安娜下意識閉上眼，然後又忍不住睜開一隻偷偷看了看，她年紀小，定力不足，眨眼之間便紅了臉。

那烈酒是奧德莉處理公務困倦時醒神用的，她並不多飲，只淺酌一口，醒神的效果遠超過濃茶。

可此刻，那透明的琉璃厚酒瓶橫倒在桌上，滿滿一瓶子酒幾乎已經空了，只剩幾滴紫紅色酒水順著窄小的瓶口滴下來，在深褐色桌面上積下了一小灘清透的酒液。

金色日光透過窗櫺斜照入書房，在房間裡的石板地面投落一幅繁複精美的光影窗紋。

奧德莉姿態閒適地坐在桌後的木椅中，眼神清明，不像是喝了酒，但反觀跪在地上的安格斯卻是脖頸通紅，一副不太清醒的模樣。

華麗的裙襬垂在奧德莉腳邊，露出底下一雙精緻的藍色中跟皮靴，她一隻鞋踩在地面，而另一隻，正踩在安格斯跪著的那條大腿上。

安格斯將手伸入奧德莉的裙襬，沿著她修長的腿往上鑽去，不知摸到了哪，奧德莉身體一顫，捏在他下巴上的手指收緊，複又低下頭，在他唇上用力咬了一下。

「亂摸什麼？」奧德莉嗔道。

秋日薄透的陽光照在她臉龐，面容明媚，安格斯咽了咽喉嚨，又想仰頭去親她。

清楚楚。

「主人……」他舔了舔被她咬過的下唇，低聲喚道。

聲音很低，但在安娜怪物的血脈覺醒後，耳清目明，一點細微的聲響也聽得清清楚楚。

她甚至能聽見奧德莉順著他的意親他時，唇齒勾纏發出的水聲。

一時間，安娜彷彿瞧見堂而皇之掛在教堂牆上的赤裸圖畫突然在她面前動了起來，手指扭捏地扣著托盤，臉紅得像春日的櫻桃果。

廊上幾米遠處值守的侍衛見她這幅模樣，奇怪地看了她好幾眼。

安娜雖然知道安格斯是奧德莉的情人，但又何曾見過冷清陰鬱的安格斯這幅求歡的姿態？

此刻他正被奧德莉掌著下頜，張著唇，被吻得呼吸急促。

安格斯側面迎著光，嘴角一縷暗色的酒痕顯得清清楚楚，水痕滑過下頜和脖頸，消失在整理得一絲不苟的衣領中。

安娜見慣了安格斯面無表情地吩咐家中奴僕做活的樣子，倏忽看見他這般，不像尋常人見了一般心生綺思，反倒如同白日撞鬼，覺得實在有些驚恐。

她端著糕點，一時不知該進去，還是掩上門直接離開。

她用力地甩了甩頭，又騰出一隻手拍了拍臉頰清醒清醒。奧德莉聽見聲音，抬頭看向門口，看見門外忐忑不定的安娜後，朝她招了招手，安娜才再次動起來。

她推開門，快速跑到書桌面前，「夫人。」

安娜心如擂鼓，不敢亂瞟，目不斜視地放下糕點，隨後突然開竅似的，無需奧德莉再出聲吩咐，行過禮，一陣風似地就溜出去了。

速度奇快，跑出書房幾步，「咚咚」又折回來，把門掩實了。

砰的一聲，走廊上的侍衛轉過頭，看見才紅著臉進房間沒一會兒的安娜又大步衝了出來。

書房內。

「你嚇到她了。」奧德莉撓了撓安格斯的下巴，往他嘴裡塞下一塊還熱著的點心。

那點心做得極為小巧，只有奧德莉兩個指甲蓋大，安格斯吃進嘴裡就吞了，嚼都沒嚼一下。

他話語不清地說了什麼，獨目金瞳時而豎立，時而又放大變得圓潤，一副神思不清的模樣，顯然已經醉糊塗了。

只是喚奧德莉的時候，倒是口齒清楚。

「小姐……」安格斯嗓音嘶啞，他昂著頭，將嘴唇貼在她臉上蹭了一下。

他如今性子越來越黏，喝醉後尤甚，吃準了奧德莉心疼他。

奧德莉沒想到安格斯醉得這麼輕易，一直以來他過得清心寡欲，除了她，好像就別無所求。

賭博、菸草甚至人們最愛飲的酒，他似乎都沒興趣。

莫說醉酒，就連他喝酒的樣子，奧德莉都是第一次見。

半小時前，奧德莉如平日一般在書房辦公，安格斯處理完莊園的瑣事，悄無聲息地就溜進來了，奧德莉並未發現。

那時她有些疲倦，闔眼窩在椅子裡養神，直到肩上傳來揉按的力道，才發現安格斯已經站在了她身後。

她沒睜眼，但手勁巧到這般合她心意的，除了安格斯也沒有別人。

「忙完了？」她問。

「是，小姐。」

桌中間攤著張批註了一半的冊子，還有一杯盛滿了的酒杯。安格斯看了眼，俯身在奧德莉髮間低嗅，沒抬起頭，就這麼貼在她的髮邊道：「您喝酒了。」

奧德莉不置可否，抬手把自己的酒杯遞給他，「嘗嘗？」

酒杯上沾著抹鮮紅的唇印，安格斯看著眼前的酒，少見地頓了一瞬，然後也沒伸手拿，嘴唇貼上她留下的唇印，就著奧德莉的手一口把酒喝光了。

燒胃的烈酒，他喝得安安靜靜，只皺了下眉，兩下吞咽聲響起，杯子就空了。

奧德莉詫異地看了眼杯子，又扭頭看他，「好喝嗎？」

安格斯傾身在她唇上碰了一下，濕潤的酒水染上奧德莉的唇，金瞳直勾勾地看著她蔚藍的眼睛，他聲音沙啞道：「好喝。」

奧德莉給他的，無論傷疤或是烈酒，他都視作珍寶，沒有一字貶意。

奧德莉於是又伸手倒了一杯給他，安格斯仍舊兩口咽了，喝酒如喝水，彷彿量如江海。

這樣的喝法，不是新手就是酒鬼。顯然，安格斯是新手。

等奧德莉倒第三杯給他的時候，安格斯卻沒張嘴。

安格斯抓著椅子，連椅帶人輕鬆將奧德莉轉了個方向，而後單膝跪在她身前，昂頭望著她，「主人，餵我。」

他喝前兩杯時，手連杯子都沒碰一下，不是被餵著喝下去的是什麼。

顯然，他說的「餵」，不是那麼簡單的意思。

奧德莉挑了挑眉，她看著他，手指撫過他眼上纏著的柔軟黑布，然後摸到了他被酒液潤得濕亮的嘴唇。

纖細的手指微微抵入他的唇縫，又往下捏住了他的下巴，稍一用力，他便張開了嘴。

奧德莉喝下半杯紅酒，酒液入口，她被那辛烈的觸感刺激得皺了下眉，隨後，她彎下腰，將嘴唇對上了安格斯的。

唇關一鬆，那酒便緩緩流入了他口中。

她一點一點餵得很慢，安格斯起初還隨著她的速度慢慢吞咽，可沒一會兒便心猿意馬，忍不住伸舌頭去舔她的嘴唇。

舌尖撬開她的齒關，餘下不多的酒液則盡數入了他的喉嚨。

安格斯抬手握住她的細腰，手指輕輕摩擦著，從前腹摸到脊骨，隨後將奧德莉牢牢圈在了臂間。

他吞下紅酒，含著奧德莉的嘴唇，欲直起身吻得更深，卻被一隻藍色的皮靴踩在了腿上。

纖瘦的膝蓋隔著裙襬抵著他的胸膛，奧德莉腳下微微施力，將他抬離地面的膝蓋往下踩，她輕聲斥道：「安分點。」

說時，奧德莉向下覷了一眼，看著不壯，大腿肌肉倒是比鞋底還硬。

安格斯目不轉睛地看著她，喉結重重滾了幾下，聽話地乖乖跪了回去，「……是。」

糖果和鞭子並濟，奧德莉生來擅長此道，她含住一口酒，俯身又餵給了他。

酒瓶逐漸見空，安格斯不管這酒有多烈，也不管奧德莉餵給他多少，他就吞下去多少。

灌得他頭昏腦脹，肚子裡都在冒酒氣了，也不知道叫停。

奧德莉放下酒杯，稍抬起頭，隔著一線的距離看著安格斯，低聲道：「沒了。」

安格斯喉結滾動，還在吞嚥酒液，奧德莉鬆開他的下巴，手掌緩緩往下游移，最後停在了他凸顯的喉結上。

安格斯仰起頭露出脆弱的脖頸，狼狗撓癢似地順從，奧德莉笑笑，指尖撫過他的頸部，獎勵般在他的喉結上親了一下。

「唔——」柔軟的觸感一碰即離，在他頸上落下一個淺淡的吻痕。

安格斯愜意地瞇起眼睛，瞳孔時而化作豎立的刀鋒，時而又變得圓潤。

猛灌入胃的烈酒在他體內悄無聲息地發酵，很快安格斯的皮膚表面便浮現起幾抹曖昧的紅。

那血色彷彿是從他身下一點點燒上來的，花汁似的潤透顏色從他裹得緊實的領口漫出來，染紅了他修長的脖頸，再是半掩在黑髮下的耳朵。

他眉髮烏黑，膚色又彷彿從未見過陽光似的蒼白，對比之下，兩隻通紅的耳朵便分外醒目，彷彿和情人接吻時感到羞赧的少年。

只不過安格斯既不感到羞恥，更沒有青澀少年的純情，他活了三十多歲，從十幾歲就開始偷吻睡夢中的奧德莉，怕是連妓院最受歡迎的女人都要震驚於他的荒淫。

安格斯仰頭直勾勾盯著奧德莉，鑽入裙下的手已經快摸到她的大腿根，粗糙的手指勾入裹束在大腿的長襪，色情地磨弄著那一片柔嫩的肌膚。

實在放肆得可以。

奧德莉抬腳踩在他胯間，感受到布料下粗實的一根後，隔著褲子上下碾了碾。

安格斯身體驟然變得僵直，他急促地喘了口氣，那根東西也跟著動了一下。

「誰准你亂動，」奧德莉道，她垂眸掃過安格斯的臉龐，薄唇被她的口脂和酒水染得濕紅，「舌頭伸出來。」

安格斯聞言，毫不猶豫地張開了嘴，猩紅的舌頭鑽出口腔，就在奧德莉彎下腰正準備吻他時，他卻搶先在她唇上重重舔了一下。

速度奇快，忍不住似的。

奧德莉毫無防備，等她反應過來後，安格斯已經收回了舌頭。

他跪在奧德莉腳下，姿態溫順，只留下一小截舌頭搭在下唇，彷彿什麼都沒發生過，等著他的小姐去親他。

奧德莉對他這些小動作已經習以為常，她低頭含住他的舌頭，並不深入，只一點一點細密地親吮。

親吻聲嘖嘖作響，濕滑的舌頭交纏在一起，津液入口，滿齒都是酒香。

安格斯此刻乖順得叫人驚訝，半分未動，連裙子裡的手都安分了下來。

他舒服地眯起眼，望著奧德莉半垂的眉目，乖乖被她捏著下頜吻了個夠，看起來享受得不行。

涎液從安格斯猩紅的舌面滴落，奧德莉瞧見後，伸出舌頭將要滴不落的透亮水液舔進了口中。

舌頭勾過他的舌底，撩過濕熱的舌尖，那被奧德莉啃出齒痕的柔軟舌尖被帶著微微向上捲了一下。

像是個不會反抗的溫順玩物。

安娜來過又離開，關上門後，緊閉私密的空間裡更適合某人變著法地撒嬌討乖。

安格斯屈膝跪在地上，執起奧德莉的手，俯下身去親吻她的手指，薄唇一觸即離，從指尖吻到指根，又從指根慢慢吻向手腕。

速度極慢，似乎要親上半小時。

奧德莉單手支著下頜，眉尾微挑，打趣他，「你這樣親，我今天怕是做不了別的事了。」

雖然這麼說，她卻沒把手抽回來。

她重傷過後，安格斯經常這樣親她。有時她手裡捧著書，就像這樣坐著，安格斯毫無預兆地便跪在她面前，開始吻她的手背。

有時是在夜晚，安格斯夢中驚醒，半撐起來痴痴看著她，隨後緊緊抱住她，但又不敢太用力，怕吵醒她，只俯下身在溫潤的月光下小心又驚疑未定地去吻她胸口的那道疤。

似乎在以此確認她還好好活著。

安格斯一路吻至奧德莉的小臂才停下來，他深深嗅了口奧德莉腕上的香味，依賴地將腦袋靠在了她膝頭。

大半張臉埋進裙面，露出兩隻被烈酒熏得通紅的耳朵。

奧德莉垂眸看著他，伸手玩了玩他耳後的短髮。

她之前受傷昏迷不醒的日子，安格斯鬢側曾生出了幾縷白髮，幾月下來，不知何時又黑了回來。

奧德莉將手指插入他的短髮中順了順，忽然，她動作一頓，瞧見安格斯那茂密的髮林中有些許極不易發覺的白。

她刨開仔細一看，就見他有幾根頭髮的髮根仍舊銀白，很不起眼，但生在一片烏黑的頭髮間，極其刺眼。

安格斯的頭髮並非自然長回了黑色，他悲痛之下，一夜白髮，哪能輕易變得回去。

奧德莉剛醒來那會兒，總是一言不發地撫摸他耳邊那幾根白髮，剛開始安格斯欣喜若狂，沉浸於奧德莉心疼他的憐愛中無法自拔。

可沒幾天，安格斯便見不得奧德莉總是蹙著眉心，在夜裡對著鏡子把那幾根白髮給拔了，可惜沒拔乾淨，幾根白得不明顯的頭髮藏在耳後他看不見的地方，此刻露了餡，才被奧德莉發現。

安格斯對此渾然不知，他將臉壓在奧德莉膝蓋上，喚道：「主人……」語速緩慢，有種說不出的黏膩感，像是在撒嬌。

奧德莉低頭看他，這是醉了？

隨後又聽見他含糊不清的聲音，「莉莉……」

奧德莉不動聲色地挑了下眉，她抬起他的臉，「你叫我什麼？」

「莉莉」這樣的稱謂，親暱得過了頭，奧德莉第一次從他嘴裡聽見，很是驚奇。恐怕是醉得腦子都糊塗了，才會這樣叫她。

安格斯神色如常，唯獨動作彷彿鏽鐵人偶般滯頓，他似乎不知道自己剛才喊了什麼，聽見奧德莉問他，老老實實地叫回了以前的稱呼。

「小姐……」

奧德莉見他眼神渙散，瞳孔都定不住形，笑道：「安格斯，你喝醉了。」

「您灌的。」安格斯道，語氣有點要她為此負責的意思。

這一瓶酒灌下去，沒吐出來就算酒量好，安格斯會醉，奧德莉並不意外。只是他向來一副清醒模樣，讓奧德莉著實好奇他醉酒後會做些什麼。

能聽話到哪種程度。

奧德莉敲了敲桌面，「安格斯，衣服脫了。」

安格斯抬起手，脫下外衣，他穿著一件貼身白色打底衣，外面還穿了一件貼身的黑藍色暗紋束腰。

束腰低領無袖，前面一排豎立的暗銀色鎖扣，後背有細繩穿引，拉得很緊，貼合著身體曲線，尤顯腰身。

奧德莉伸手丈量了一把，從胯骨摸到他腰後，沒鬆手，又一寸寸摸了回來。

勁瘦有力，難怪那麼多貴女明面暗裡請她割愛。

安格斯垂眸看著在自己束腰上游走的手，又抬眼看她，「您喜歡嗎？」

奧德莉頷首，「嗯，再做幾身。」

看來是很喜歡。她說這話時，視線都沒從他腰上挪開過。

安格斯在吃穿上尤其隨便，一身衣服能做幾套換來換去地穿，陡然見他穿點別的，奧德莉心裡難免有點癢。

她伸手勾住他後背束腰的細繩，輕輕一拉，束腰便鬆散了開，再是白色的裡衣。束腰掉在身後，裡衣卻沒脫，鬆鬆垮垮掛在臂彎，挺露著結實的胸膛。

看安格斯脫衣服和動手脫他衣服是兩種不同的快樂，奧德莉撫過他胸前粉紅的乳頭，滑過腹肌慢慢往下，拉開了他的褲帶。

他褲子只穿了一條，褲腰落下去，深紅的肉莖便露了出來。

他真是喝醉了，性器都沒怎麼硬起來，半軟半硬地垂在腿間，仍是粗長的一大根。

奧德莉用手托起來，指尖在龜頭上細小的穴眼刮了一下，他渾身一抖，穴眼微張，竟也吐出了不少清透的黏液。

「主人……」安格斯喘了口氣，也不管自己「行不行」，挺著腰就把東西往她柔嫩的掌心裡送。

「不夠精神。」奧德莉屈指在他的肉棒上彈了一下，輕笑道，「怕只能玩點別的。」

書桌上擱著一碗從冰庫取出沒多久的冰，並非平常所用的大冰塊，而是一根根細長的針柱，冰冷堅硬，正冒著鮮白的寒氣。

安格斯隨著奧德莉的視線看去，恍惚記得這冰針還是他親手制的。

碗中已經積了少許冰水，奧德莉用手指沾了一點，抹在安格斯胸前，「冷嗎？」

安格斯低頭看著她細白的手腕，「不。」

他本來體溫就偏寒，這點涼意算不了什麼。

奧德莉又拿起碗，將化了的冰水淋在他胸上，「現在呢？」

清涼的寒順著胸膛流至腹部，潤濕褲腰，安格斯看著她，舔了舔嘴唇，仍是回道，「……不冷。」

但很快，他就沒法再回答「不」了，因為奧德莉將餘下的冰水通通倒在他腿間半垂著的性器上。

安格斯猛地一顫，身前肌肉起伏，咬著牙沉沉哼了一聲。

奧德莉放下碗，撚起一根冰針，抓著安格斯的性器使其豎直挺立，把冰針細鈍的尖端對上了龜頭頂端張合不停的馬眼。

蔚藍的雙眸對上安格斯的金瞳，奧德莉在他耳垂上親了一下，低笑著道：「太陽還沒落下，可別叫得太大聲。」

冰針被炙熱的性器燙化，融化的冰水流入馬眼，刺骨的寒意鑽入體內，安格斯看著她，終於後知後覺地意識到他的小姐要玩的新花樣是什麼。

他低頭望去，猙獰的性器水液濕淋，半硬不軟地被一隻細白的手握在掌心，粗碩脹紅的龜頭從虎口鑽出，他還沒來得及說什麼，奧德莉就捏著透白的冰針，從上至下，穩穩刺入了豔膩敏感的穴眼中。

向來只有東西從安格斯的性器裡射出來，這還是第一次有東西插進去。

冰針緩慢強硬地碾入細小的馬眼，奧德莉能感受到肉莖裡的嫩肉在劇烈地收縮，像是在將這冰冷的入侵物往外推，又彷彿是在淫蕩地往裡吮吸。

醉酒之人骨頭發軟，肉棒硬不起來，痛感也不明顯，陌生的快感和細微的疼痛攀上神經，安格斯腰腹發顫，喉結顫動，喉中不斷發出野獸一般渾厚的呼嚕聲。

那根冰針前細後粗，奧德莉大致丈量了一下，冰針從她的指尖長至她的手腕。

冰針往性器中的小孔越插越深，等奧德莉停下來時，十幾釐米的長針幾乎全部沒入赤紅的肉莖，只剩一根指節長的針尾露在外面。

奧德莉鬆開手，粗長的性器半垂在腿間，顫巍巍發著抖，馬眼被冰針大大撐開，內裡豔紅的嫩肉穿過堅冰映射而出，如同一個小而緊的肉穴，實在色情至極。

水液從被堵著的馬眼緩慢地泌出，奧德莉用指尖在被撐開的馬眼上輕輕刮蹭了一下，安格斯渾身一僵，額上那對漆黑的角便不受控制地冒了出來。

那對惡魔似的角比黑晶石更加堅硬，奧德莉用指腹捏著角尖搓了搓，安格斯閉上眼，喉結滾動，有些難耐地喘息著。

「小姐……」安格斯喚她，歪著頭用額角去蹭她的手，他胯下那根東西時不時抖一下，像是覺得太冰，又像是被插得難受。

秋日料峭，冰針寒得刺骨，奧德莉鬆手後，冰針仍舊穩穩插在馬眼裡，豔紅的穴眼被冰冷的寒意刺激得縮緊，牢牢咬住冰針，連水液都很難滲出來。

奧德莉捏住露在空氣裡的一小截冰針，緩慢在馬眼中上下抽插了幾下，問他：「抖成這樣……是因為疼嗎？」

安格斯金瞳混亂地收縮，喘息地動著腰，肉莖在奧德莉腳腕上難受地來回磨蹭。

奧德莉挑眉，點破道：「看來是爽的。」

她拿著冰針一端，開始緩慢而大幅度地操弄著安格斯那可憐的穴眼，就如同他往日裡折磨她的那樣。

她也不扶穩肉棒，任細細一根冰針將粗長的肉棒操得東倒西歪，敏感的穴眼一張一縮，飢渴得像是要吞入什麼東西。

安格斯的喘息聲越來越沉，不過片刻，肉棒竟生生被操硬了幾分。

實在淫浪得不像話。

深紅色的粗長器物比那根細小的冰針燙了不知多少，凍了幾日的冰逐漸化在穴眼裡，抽出又插回的部分肉眼可見地變細。

水液在冰針插入時射精般從馬眼裡被擠榨出來，混著絲絲白色的濁液，流滿了整個碩大的紅腫龜頭。

安格斯雙膝跪地，腿根大張，爽得呼吸發顫，被冰針插著還不夠，他拉著奧德莉的手抓住自己的性器，竟還在挺腰去操她的手心。

濃郁的麝香味散入書房，奧德莉握著安格斯滾燙的肉莖重重揉了兩把，低下頭，在他喉結上用力咬了下去。

紅色的齒印彷彿烙鐵印在皮下，在安格斯的喉部留下了一圈清晰凹陷的齒痕。

「唔……主人……」

安格斯渾身細細一顫，鑽進奧德莉裙子裡的手又開始亂摸。

時下女性為了方便，有時繁複的裙子底下是不穿褲子的，安格斯將手掌順著奧德莉緊閉的腿縫摸到柔軟的腿根，毫無阻隔地便觸到了微微鼓起的柔軟陰阜。

她坐在椅子上，腿根柔軟的脂肉併得有些緊，要繼續往裡探並不容易，但安格斯的指甲一向修剪得短而齊，食指與中指抵著中間那道微微陷下去的肉縫往裡一入，咕嘰一聲，輕輕鬆鬆便陷進了那緊熱濕潤的肉穴之中。

又濕又熱，水早已盈滿了整個穴口，安格斯喉頭一緊，若不是被奧德莉一隻腳踩著，他甚至想鑽到她裙子下去吃她的穴。

奧德莉低吟出聲，她捏了把安格斯的性器，抽回手，坐直身，挑起媚利的眼尾覷了他一眼。

明明看起來腦子都醉糊塗了，尋起歡來倒是格外清醒。

安格斯咽了咽喉嚨，手指就這麼插在奧德莉柔嫩的穴裡四處揉弄，另一隻手托著她的腳腕，自給自足地磨弄起自己的性器。

玩他的小姐，被他的小姐玩，他哪個都想要。

似乎是覺得皮革鞋面過於糙硬，安格斯拉開奧德莉的鞋帶，脫下藍色皮鞋，握住了她被雪白長襪包裹住的腳背。

手指狎暱地在腳背上磨了一下，向下半翹著的性器似乎是意識到接下來會發生什麼，興奮地跳動了一下。

馬眼中，冰針融化的水液滴在地面，安格斯喘著粗氣，向前膝行兩步，握著奧德莉的腳掌踩在了自己的性器上。

炙熱的溫度穿透柔軟的長襪，奧德莉下意識往後縮了縮腳，卻被安格牢牢壓著不讓她離開。

他挺腰將性器插在襪子包裹著的纖瘦腳掌和自己結實平坦的腹部間，也不顧馬眼裡是否還插著冰針，就這麼挺著腰，一下一下地開始自慰。

明明胯下那根東西都沒硬起來，興奮感卻是半分不減。

冰針消融，露在外面的部分變得纖細，緩緩被肉莖吃進去，很快便消失在馬眼裡瞧不見影了。

但看龜頭頂端大張著閉不攏的紅豔穴眼，也知道冰針最粗的部分還堵在穴眼裡沒能融化。

粗大的龜頭頂出腳尖又隱入腳底，水液止不住地從馬眼往外流，將奧德莉乾淨的襪子弄得濕透，長襪上繡著的精緻藍色花紋都被安格斯的手掌揉出了褶皺。

奧德莉任他動了一會兒，視線從他胯下掃至他忍耐的表情，突然附身掌著他的後腦，舔上了他喉嚨上那道猙獰深長的疤痕。

「唔……小姐……」安格斯眯著眼，後仰著頭拉長脖頸讓奧德莉更方便地舔弄他脖子上的刀疤。

同時手指還沒停，插在她穴裡四處揉弄，引得肉壁舒服地縮動，然後便停一會兒，感受著被那濕潤緊緻的肉穴吮吸的快樂。

貪心又情色，絲毫不加收斂，若將他此刻這副脫了衣服跪在地上用女人的腳掌自慰的模樣畫作圖冊私下販賣，怕是要勾得不少貴族小姐臉紅心熱。

嘴上斥罵其淫浪無恥，心底又本能地貪圖這副健碩英俊的年輕身軀。

一如從前的奧德莉。

感受到腳下那根東西抽弄得越來越快，奧德莉稍稍退開，看了安格斯一眼。

他臉上汗水橫肆，細密鱗片覆住額角，腹下同樣生出了鱗片，將根部嚴密地包裹了起來。濃密的毛髮消失不見，只剩赤紅一根半立著，彷彿破開堅硬的鱗片長出來。

怕是爽得連自己姓什麼都不知道了。

奧德莉踩了踩那根半軟半硬的肉棒，調笑道：「軟得像棉花一樣，動這麼急，能射出東西嗎？」

平時做的時候怎麼喊都聽不見的人，突然此刻變得耳聰目明。

奧德莉這句話裡也不知哪個字刺激到他，安格斯動作一頓，幾乎是在她說完這句話後就抬起了頭。

他皮膚過於蒼白，酒氣上臉也不明顯，一片冷白的膚色裡顯出幾分朦朧血色，看起來有了幾分人氣，襯得眉下那只冷血野獸的陰冷金瞳都溫和了幾分。

奧德莉看他直勾勾看著自己，莫名想起安娜曾跟她說起的「莊園裡有人傳言管家是鬼魂變的」這件事，不禁笑出了聲。

她眯著眼笑望著安格斯，「看我有什麼用，我說錯了？」

說著還如他方才自慰般的方式用腳掌踩著他的肉莖磨了幾下，像是要印證自己的話——本就沒硬起來。

奧德莉的笑在安格斯耳中全然是另一種味道，他抿緊了唇一言不發，穴中的手指猛地抽出來，眨眼之間，奧德莉就被安格斯抱起來壓倒在書桌上。

她腰下懸空，冰涼的尾巴從安格斯腰後長出來，遊龍一般順著她的腳腕一圈圈往上纏。

安格斯一把從中間撕開奧德莉的裙子，露出裙子下兩條白膩的長腿，腰胯強硬地頂開腿根，單手握住肉莖就往裡面塞。

擺明了要開始耍酒瘋。

他那東西半軟不硬，偏偏又不小，費了些勁才藉著濕滑的水液硬塞進去。

安格斯喝醉了酒，腦子糊里糊塗，低頭看自己整根肉棒都被奧德莉紅豔的肉穴吞了進去，興奮得喘息都沉了不少，有些像他獸化時低沉的低吼聲。

他也不管自己那東西能不能用，和平日一樣動著腰開始往裡面頂。

奧德莉細細呻吟著，拽著他的額角將人拉下來，笑著去咬他的耳朵，繼續激他，「既然硬不起來，還頂那麼深做什麼？」

安格斯死不承認，臉色沉下來，張嘴去咬她，也不知道在生哪門子氣。

「能硬……」

奧德莉眉尾微動，還想說些什麼，但很快就發現身體裡插著的那根東西不太對勁。

好像的確變硬了不少，但觸感有些不對。

她伸手往下摸去，發現原來只是包裹在肉棒根部的鱗片竟然開始往上長，逐漸將肉莖的三分之一都裹了起來，甚至還在慢慢往上爬。

他的性器硬不起來，鱗片卻不軟，猶如漆黑的盔甲支撐著赤紅的性器，狠重凶猛地往裡操時，肉壁被磨得又痛又爽，痙攣一般開始收縮。

奧德莉眉心漸漸蹙起來，伸手推安格斯的肩，「別、別再長了……嗚……」

安格斯充耳不聞，小腹撞上臀肉，肉體拍撞的聲音迴盪在書房，書桌都被撞得往後退。

安格斯身上的鱗片比他體溫更寒，肉棒上半截熾熱，下半截冰涼，肉感和堅硬的鱗甲不斷刺激著柔軟濕熱的肉穴，淫水不斷湧出，流入臀縫，豔紅的肉穴縮動絞緊，奧德莉沒感受過這般快意，沒一會兒就被安格斯操到了高潮。

奧德莉顫著手往下摸，發現那根東西起碼有一半都被堅硬的鱗片裹著，又冰又硬，尺寸大了一整圈，幾乎和龜頭旁邊環繞的那圈肉棱一般粗。

奧德莉咬著下唇，腦子裡幾乎只有一個想法，還好平時安格斯沒這麼幹過，不然她怕是要被他操死在床上。

安格斯感受著高潮的穴道緊緻絞弄的快感，放緩了抽插的速度，卻仍撞得極深極重，水液從交合處噴濺而出，將他腹下的黑色鱗片染得發亮。

書桌晃動，桌上的文件書冊一本本接連摔在地上，奧德莉仰著頭，露出脆弱的細頸，銀白的長髮披散在桌面，她細細呻吟著道：「別、嗯……別頂了……」

安格斯裝聾作啞，尾巴貼著奧德莉的細腰鑽入衣領，從胸襟包裹著的兩團豐腴的乳肉中間擠出去，輕車熟路地往她嘴裡伸。

安格斯握著她的腿根，彎下腰隔著衣服大力咬住她的乳肉，一邊吃乳一邊口齒不清地叫她：「主人……」

聲音黏糊，彷彿在撒嬌，有種犯錯之前先討個乖的意味。

穴裡的東西在他喚她時候開始急抽猛送起來，奧德莉感覺不妙，她抬起一隻腿蹬向安格斯，卻被他抓著腳腕將長腿屈起來壓在了胸口。

鱗尾不太靈活地鑽入她口中，纏著她的舌頭亂蹭，安格斯揉弄著她的陰蒂，抬起頭去吻她，醉聲醉氣地請求道：「小姐……我想射在裡面……」

奧德莉被他揉得氣息都是亂的，呻吟聲斷斷續續，被頂得話都說不出來。

但她腦袋還沒僵成安格斯那樣，聽見這話，抽出一絲神智勉強清醒地思考著——他才進去多久就要射，能射出什麼東西來？

腦中忽然湧出一個猜想，奧德莉臉色驚變，正欲回絕安格斯，卻感覺體內那東西一抖，隨後一股滾熱的水液強而有力地射進了肉穴深處。

奧德莉瞳孔猛縮，渾身發抖地拽住了安格斯的額角。

這混帳……

他喝了不少的酒，尿液多得源源不斷，安格斯用尾巴勾出奧德莉的舌頭，一邊在她身體裡舒爽地射尿，一邊拿犬牙去磨她柔軟的舌面。

寬厚的舌頭生出倒刺，尾巴垂在身後，興奮地啪啪亂甩，安格斯尿了足有一分多鐘，水柱灌入子宮，奧德莉的肚子脹起來，恍若懷孕數月的孕婦。

尿完之後，安格斯並沒有抽出肉棒，尿液淫水堵在穴裡，奧德莉眼眸濕熱，抬起忍不住發顫的腿踹他。可惜她腰身掛在桌沿，下身使不上什麼力，被安格斯找著機會往裡繼續頂弄，平白讓性器進得更深。

安格斯黏糊地在她唇上親吻著，射完不曾停歇，又開始擺著腰抽插，性器沒入拔出，尿液噴濺，肚子裡的水都像是在晃。

溫熱的眼淚湧出眼眶，流入髮間，奧德莉紅唇微張，被安格斯含著舌頭亂吮亂親。

她本想踹開他再罵他幾句，可看見他醉得不清的神情，最終卻只能在心裡嘆一句——自作自受。

——番外六〈醉酒〉完

番外七　吃醋

在奧德莉執掌斐斯利家族的第三年，向她示好的男人達到了一個令安格斯不安的人數。

青年才俊或許對斐斯利家族孤獨無依的寡婦不感興趣，但年輕貌美的侯爵富商卻有著極大興趣。

這些男人或是貪戀奧德莉的名氣與財富，又或是欣賞她姝麗的容貌，總之近幾個月裡，前來拜訪她的人多得幾乎要將斐斯利莊園裡的石板路都踏得平滑了。

為了籠絡人心，奧德莉也幾乎不拒絕他們的到訪，她一向善於利用自己的美貌。安格斯知道他的小姐事業心重，因此素日接待年輕俊逸的男客時，他在奧德莉面前表現得十分規矩，好似並無不滿。

實際上，他恨不得把這些男人統統綁起來扔進河裡。

八月盛夏，奧德莉受邀前去參加一名公爵舉辦的晚宴，晚宴辦得盛大華麗，赴宴的賓客足有百來人。

這次的晚宴卻和奧德莉以前參加過的宴會有些不同，以往的宴會上一般是燈火長明，排排蠟燭將每個角落都照得通透明亮。

此次的宴會卻只有舞池中間被明亮的燭火圍繞著，中間立著一尊兩公尺高、東方傳入的琉璃玉石，被燭光一照，折射出驚心動魄的奪目光彩。

燭光從中心的舞池向外側暈染開，越往外，光線越微弱，角落裡只燃著幾支弱不禁風的細長白燭，火光微弱如螢蟲，連人臉都照不真切。

除此之外，就只有幾支籠著白紗燈罩的蠟燭懸在房頂上，如同顆顆星子墜在頭頂，因為看不清四周黑暗的邊界，令人感覺彷彿置身於一片神祕無邊的夜空下。

光線雖暗，這場面的確美得叫人心動。

因宴會場面特殊，宴會的主人特意在邀請函上提醒各位小姐夫人攜帶一名可靠的男伴同行。

安格斯自是一步不離地跟在奧德莉身邊。

奧德莉見他入場後便一副戒備的模樣，打趣道：「怎麼這幅表情？看見仇人了？」

安格斯將視線落到她身上，那眼神晦暗不明，像是兢兢業業的養花人在看自己被旁人覬覦的玫瑰，他低下頭，在奧德莉側臉輕碰了一下，「小姐，他們在看您。」

他們站在角落的地方，光線陰暗，安格斯在黑暗中能視物，奧德莉卻不能。她往四周看去，只勉強看得清三步之內的人，再遠些，就只能瞧見幾片亮色的裙襬和舞池中心了。

卻是沒見到有什麼人在看她。

她正打量著四周，突然一名男人從她身前經過，他腳步頓了頓，隨後折返回來，若有所覺地朝奧德莉走來。

他看見角落裡的奧德莉，驚喜道：「安德莉亞夫人！」

奧德莉循聲看去，看見喚她的是一名相當年輕英俊的男人，看起來才二十出頭。這人她還記得，不久前才來拜訪過她，好像是叫……布洛克？

奧德莉這段時間見過的生人太多，實在不敢確定，她給了安格斯一個眼神，希望他能提醒自己。

安格斯卻像是讀不懂奧德莉的意思，腦袋一偏，避開了奧德莉的目光。

不知是否是奧德莉的錯覺，她好似看見安格斯給了走近的男人一個十足冰冷又厭煩的眼神。

眼瞧著人都走到面前來了，奧德莉定了定神，作出一副驚訝的表情，並回以一個禮貌的微笑，「先生，真是巧合！」

男人俯下身，執起奧德莉的手，優雅地在她手背上落下一個吻。

他站直身，笑得溫柔而靦腆，「不巧，是上帝眷顧我，讓我有幸在這裡聞見了您的花香。」

隨後，在這喧鬧嘈雜的環境裡，奧德莉清晰地聽見安格斯冷笑了一聲。

奧德莉不動聲色地挑了下眉。

男人之前在莊園裡見過安格斯一面，知道他是奧德莉的管家，雖然有些疑惑他為何隨奧德莉一同赴宴，但並未過多在意。

兩人寒暄幾句後，男人摘下手套，向奧德莉彎下腰，邀請道：「夫人，不知我是否有這個榮幸，能請您跳一支舞？」

他表現得極為紳士，說話時睜著一雙誠懇的狗狗眼看著奧德莉，眼裡不見任何貪婪的欲望，叫她實在覺得難能可貴。

要知道，她遇到的絕大多數向她示好的男人不是有求於她便是想上她。

可惜，難得歸難得，奧德莉仍只能遺憾地拒絕他：「抱歉，我這幾日身體不適，實在沒辦法和您共舞。」

男人聞言，失落地低下了下頭，「噢，那真是太遺憾了。」

奧德莉見此，出聲安慰道：「下次吧，如果能再次在宴會上和您相遇的話。」

奧德莉說完，還沒聽見那人回答，她便察覺到身邊的氣壓瞬間降到了冰點。

男人離開後，安格斯足足半個小時都沒開過口。

此次宴會中不乏奧德莉熟識的名流侯爵，她忙於社交，起初並沒有發現對方的異樣。

直到前來攀談的男人第四次向她發出共舞的邀請，而她第四次以相同的話回應對方後，她察覺到有什麼東西從地面鑽進了她的裙襬。

像是一條遊蛇，長長一條，外殼冰涼而堅硬，十分靈活地繞住了她的腳踝，往她的小腿上纏。

奧德莉對這蛇鱗一般的觸感太過熟悉，那是安格斯的尾巴。

除了皮鞋和裹著小腿的長襪，奧德莉裙子下面什麼也沒穿。

她一時僵住，不由自主看了眼使壞的某人，卻見安格斯裝模作樣地望著前方，好似對自己尾巴的所作所為並不知情。

與奧德莉交談的男人對面前的兩人發生了什麼一無所知，仍在自信地侃侃而談，不遺餘力地向奧德莉釋放著自己的魅力。

奧德莉的裙子長及地面，完美地為安格斯創造了施展的空間。

在男人看不見的裙襬下，冰涼的尾巴盤繞過奧德莉溫熱的膝窩，不緊不慢地爬上大腿，鑽進了她的大腿縫裡。

那處的脂肪豐腴而柔軟，雙腿併緊便是一處銷魂地，在夜裡相擁而眠的時候，安格斯最喜歡甩著尾巴往她腿縫裡鑽。

細長的尾巴尖乖順地窩在腿縫裡，經過一夜，晨起時被奧德莉的體溫熨帖得溫熱，簡直令安格斯不想離開。

然而此刻，安格斯想要的卻不只是鑽奧德莉的腿縫這麼簡單。

冰涼的觸感一路往上，繞過大腿，又從臀後緩緩滑入股溝，尾巴尖在觸及到溫暖的後穴時，停了下來。

奧德莉整個人都繃住了，她警告地看了一眼安格斯，然而下一秒就察覺那根束西動了起來，尾巴尖在後穴處打了個圈，緩慢而不容拒絕地往裡面鑽。

安格斯發瘋發得突然，奧德莉對此始料未及，她深吸了口氣，極力忽視著後穴裡的冰涼異物，不動聲色地往後退了一小步，站到了羅馬柱後的深暗陰影中，悄悄伸出手，藉著寬袖警告地捏了一把安格斯的尾巴。

但安格斯像是沒有痛覺，毫無停下的跡象，甚至像是爽到了似的，尾巴尖抽搐般顫動了一下，隨後往外滑出一截，又猛地插了回去。

奧德莉腿根一顫，難耐地咬住下唇，險些叫出聲來。

這混蛋……

安格斯不聲不響地站在她身後，肆無忌憚地在奧德莉的身體裡抽動著尾巴，靈活的尾巴越進越深，幹得奧德莉的後穴很快便濕了一片。

奧德莉怕被人發現，強忍著快意，然而安格斯的呼吸聲卻變得越發粗重，連要忍一忍的想法都沒有，尾巴越操越快，不知是不是奧德莉的錯覺，她總覺得已經聽見了「咕啾咕啾」的水聲。

沒兩分鐘，奧德莉面前的男人便隱隱察覺到了異樣，但不是對奧德莉，而是對她身後沉默無言的僕人。

安格斯站在昏沉的光線裡，朦朦光影將他上下半身傾斜分割成兩部分，上身隱約可見，下身幾乎完全融入了黑暗之中。

男人看不見他藏著的尾巴，卻能勉強看清他此刻的神態。

安格斯像是醉了酒，半闔著金瞳，臉上沒有什麼表情，蒼白的皮膚上卻泛出了抹淺淡的潮紅色，透出一種說不上來的迷離性感。

像是單純喝醉了，又像是……操女人操爽了才有的神情。

男人對同性並不感興趣，但不可否認，他的確因安格斯此刻的表情聯想起了和女人做愛時的爽快滋味。

他將視線看向舞池邊一名優雅豐腴的貴婦人，思量片刻，放棄了難以得手的奧德莉，匆匆告別後，走向了下一個看好的獵物。

身邊終於再次安靜下來，奧德莉壓低聲音對安格斯道，「瘋了嗎，收回去、嗯——」

她被安格斯的尾巴幹得有點站不住，無力思考男人為什麼突然離開，腦子裡除了安格斯的尾巴就只有萬一被人發現的緊張。

安格斯站近了些，尾巴勾出後穴的水液，在前穴外輕輕掃了幾下，「可是小姐，您在流水。」

周邊是衣香鬢影，喧鬧人聲，奧德莉無法否認，她的確因為在人群中被安格斯甩著尾巴操幹而感到無法形容的刺激，兩人做愛時向來是在私密而安全的房間，在人前這還是第一次。

但興奮也不代表她就要由著安格斯胡來。

奧德莉伸手握住安格斯粗壯的尾巴根，而後拽著他，步伐不穩地朝著昏暗安靜處走。

她並不知道該去哪，只是想著離賓客越遠越好，她繞過人群，拉著安格斯來到了一處狹小無比的房間。

這房間形如一道筆直長廊，約有兩公尺深，但寬度卻是不及一公尺。

房間的門鎖已經壞了，房間裡堆著半人高的空酒罐和雜物，說是一間房，不如說是一處堆放雜物的角落，敷衍地安了個小門。

奧德莉顧不得太多，她將安格斯拽進去，勉強關上了那扇破木門。

房間裡並沒有蠟燭，只有幾縷暗淡的光線從門縫裡透出來。

這地方太窄，奧德莉背對安格斯，她的臀幾乎和安格斯的大腿緊貼在了一起，而他的尾巴還埋在她的穴裡。

奧德莉進門後什麼也沒說，而是揚手猛一巴掌甩在了安格斯探出來的尾巴上，啪一聲脆響。

她聲線顫抖道：「拔出去！」

奧德莉極少對安格斯動手，頂多氣不順時重聲訓斥他兩句，搧尾巴更是沒有的事。

而被搧了一巴掌的安格斯，不僅沒有任何不滿，呼吸反倒顫了一瞬，而後變得越發粗重起來。

奧德莉忽然想起來，在做的時候，安格斯很喜歡她在床上弄疼他。

此時隔離了人群，安格斯變得越發放肆，他並沒有抽出尾巴，而是得寸進尺地抱住奧德莉，手掌隔著裙子揉上她挺翹的臀，一邊操她的濕軟溫暖的後穴一邊求饒，「小姐，疼……」

奧德莉氣得想笑，他這語氣哪裡像是疼，分明爽得聲音都壓不住了。

她可不吃他這一套，「當著這麼多人也敢亂來，如果被發現了要如何收場？」

安格斯重重揉了把奧德莉的肉臀，兩手擠著她的臀肉去夾自己的尾巴，一邊幹她一邊道：「不會被發現，小姐，我會很小心。」

而對於自己為什麼發瘋，卻是隻字未提。

奧德莉敏銳地察覺到了這點，她回想起安格斯宴會上的行為，又思及近段時間她接待賓客時安格斯詭異的態度，突然明白過來。

安格斯實在太容易懂，光是她和莉娜靠近些他都能醋上好一陣，更別說看著她和別的男人虛與委蛇。

「安格斯，你在吃醋嗎？」

安格斯沉默了兩秒，「沒有。」說完，他又忍不住問道，「您下次會和他跳舞嗎？」

奧德莉裝傻，「誰？」

「……布萊克。」

奧德莉忍著笑，「噢，原來那位先生叫布萊克，他長了一雙很漂亮的眼睛。」

安格斯安靜了會兒，又問：「您喜歡他的眼睛嗎？」

不等奧德莉回答他，他又以受損的沙啞嗓音繼續道：「他有一雙完好的眼睛，聲音也沒有損壞。」

他俯身靠近奧德莉，若有若無地在她的耳郭上蹭吻，聲音放得很低，彷彿呢喃，「您會因為他的眼睛喜歡上他嗎？又或者因為他的聲音、他的年輕……」

安格斯從不在奧德莉面前誇別的男人，他說這些話時並沒有表現出任何明顯的情緒，沒有欣賞，也沒有嫉妒，但奧德莉幾乎立刻就意識到他在裝可憐。

如今他很擅長這一套，因為即便奧德莉知道他是在裝，也總會耐著性子哄他。

果不其然，她偏過頭，伸出手指滑過安格斯的薄唇，仰頭在他唇上咬了一口。

牙齒碰了一下便收了回去，輕而柔，極盡安撫之意，她聲線溫柔，「真是小心眼……」

安格斯毫不猶豫地承認，「我是。」

奧德莉雙手撐著前方的牆壁，翹起臀在安格斯的尾巴上套弄了一下，察覺身後僵住的身體，她笑了聲，「舒服嗎？」

安格斯的腰骨被這一下給弄軟了，他盯著奧德莉臀縫中被尾巴頂開的潤紅後穴，喉結滾動，爽得聲調都變了，「舒服，主人……」

安格斯忍不住掰開奧德莉圓潤的臀肉，尾巴滑進肉洞裡又拔出來，操得那處全是濕膩的水液。

他爽得尾巴發顫，束在褲子裡的肉棒將布料撐得鼓鼓的，前液已經從中滲了出來。

奧德莉踮著腳，翹起臀隔著褲子在他硬燙的肉莖上磨了一下，「可是我不太舒服。」

冰涼的尾巴被穴肉含得溫熱，後穴越是脹滿，前穴便越是空虛。

奧德莉像是在勾引他，又像是哄他，她牽出他的尾巴，手指勾了下濕滑的尾巴尖，放在前穴的穴口，一點一點吸著把它吞了進去。

她回頭看他，將指頭上濕潤的水液擦在他唇上，「乖狗狗，操這裡，操重點……」

她哄起人來實在太有一套，只要她想，安格斯根本不可能受得住。

安格斯被她一句話激得鱗片都冒出來了，他深吸了口氣，低頭含住她的指尖，色情地去吮吸她的指節，濕熱的舌頭伸出來，又去舔她柔嫩的指縫，聲音低沉而含糊，「是，主人……」

奧德莉口中的操重些和安格斯理解的截然不同，他應聲後，竟是解開褲腰，把胯下那根粗壯的肉棒也掏了出來，然後一併抵在了奧德莉的前穴上。

安格斯的肉根粗長得叫人心驚，肉穴裡已經埋了一根細長的尾巴尖，哪裡還經得住再來一根。

奧德莉愣了愣，還沒反應過來，就察覺那硬熱的東西已經開始往穴口裡頂。

「等等，安格斯，嗯唔……」

安格斯充耳不聞，他握著奧德莉的腰，肉棒一寸寸撐平軟肉往深處碾。

啊……好脹……

碩大的龜頭頂開穴道，尾巴被擠著，只得可憐地緊貼著肉壁，奧德莉眼眶發熱，感覺自己身下要被安格斯的兩根東西給撐壞了，可也因此，她無比清晰地感受到了兩根東西的存在。

粗實硬翹的肉棒被敏感的肉穴夾吸著，不停地吮咬著他，安格斯彎下腰，胸膛貼上奧德莉的背，爽得哼個不停，「主人，妳好緊……」

奧德莉實在撐不住，整個人都在往地上滑。安格斯乾脆直接將她壓在牆上，提著她的腰，從下往上去頂她。

靈活的尾巴和硬熱的肉棒默契地交替著抽插，一冷一熱刺激得肉穴不停地縮動。

「呃唔……輕、輕點，脹……那裡……啊……好舒服……」

奧德莉濕著眼，胡亂呻吟著，她抓著腰上的手，整個人被安格斯頂得一聳一聳，胸口壓在冰涼的牆壁上，乳尖隔著裙子在粗糙的石牆上反覆磨蹭，又癢又舒服。淫水從腿間交合處不斷滴下，很快便在地上匯聚成一大灘。

安格斯被奧德莉叫得受不了，金黃的豎瞳盯著她潮紅的側臉，他俯下身，依戀地貼上她的臉頰，細密的鱗片蹭過她的耳朵。

奧德莉偏過頭，看著他黑暗中模糊不清的臉蹙眉道了句：「小壞狗……」

聲音輕細，夾著藏不住的細碎呻吟，安格斯聽後又硬了一寸，俯下身咬住她的紅唇，坦然承認：「我是。」

門外，熱情激昂的交響樂一曲接一曲奏響，奧德莉甚至能聽見不遠處人們交談的聲音，而他們卻躲在這黑暗狹小的地方，像兩隻野獸一樣交合。

安格斯操弄的力道不管不顧，她毫不懷疑，如果有人從門外經過，一定能聽見兩具肉體拍打在一起的聲音，帶著引人遐想的呻吟和喘息，和咕啾咕啾的黏膩水聲。

安格斯仍嫌自己做得不夠似的，他騰出一隻手，摸到奧德莉空虛的後穴，將食指與中指並在一起，猛地插了進去。

操重些。

他記得他的小姐說過的話。

尾巴和肉棒一進一出地在前穴裡抽動，肉筋盤踞在赤紅的柱身上，肉穴被撐得不能再滿。

這地方暗淡無光，身體的感觸被黑暗放大了數倍，除了穴裡的東西和安格斯炙熱的身體，奧德莉幾乎感受不到其他。

當安格斯將修長的手指插進後穴開始挖弄時，有那麼一瞬間，奧德莉覺得自己在被三根雞巴一起幹。或者說，有三個安格斯在一起幹她。

手指和肉棒擠壓磨蹭著前後穴中間柔軟敏感的肉膜，奧德莉被幹得腿根發顫，短短二十分鐘裡，高潮了不知道多少次，更可怕的是，被擠壓著的膀胱痠脹不已，已經快忍不住了。

「唔啊……輕點，不行、嗯……要尿了，安格斯、呃……」

安格斯聽見這話愣了一瞬，而後興奮地含住了奧德莉的耳朵，「尿給我，主人。」

安格斯並非沒有在床上將她操到失禁過，相反，只要奧德莉默許他可以做個盡興，不把她操出尿來他根本不會停。

但在家裡是一回事，在這種隨時都可能被人發現的地方又是一回事。

奧德莉不肯，這事卻不受她控制，安格斯很愛看她被操到失禁的模樣。淫靡又浪蕩，整個人柔軟地貼著他，像是被幹開了，操透了，有時還會無意識地纏著他再來一次，叫安格斯欲罷不能。

因為這樣的機會並不多，所以他格外珍惜。

穴裡的尾巴突然胡亂動起來，在穴裡轉了整整兩圈，繞著肉棒的棱邊和粗壯的莖身纏了上去，這樣一來，肉棒變得幾乎有之前的兩倍粗。

安格斯猛烈地抽送著腰胯，彎翹粗硬的長肉棒不停地去撞奧德莉窄小柔軟的宮口，同時手指大力地按壓著她後穴裡的敏感處。

結實的手臂從腰側斜搭上她的胸乳，安格斯低頭從她身前看下去，豎瞳幾乎化作一道分隔號，目不轉睛地盯著她雙腿之間。

手指勾著騷軟的後穴，尾巴纏著肉棒撞入柔軟敏感的宮頸，在肚皮上頂出一個明顯到恐怖的印記來。

三年，足夠奧德莉的身體適應安格斯粗硬的肉棒，但每次他操入子宮頂著肚子時，奧德莉仍舊有一種自己會被他幹死的錯覺。

在奧德莉再一次到達高潮時，倒刺緩緩從性器上長出，猛地扎在了她柔軟的肉壁上。

黑色的鱗尾和赤紅的肉棒一起插在豔紅發腫的淫穴裡，安格斯伸出舌頭舔著她汗濕的臉頰，濃稠的精液像尿一般激烈地打在子宮裡，奧德莉張著嘴，一時連叫都叫不出，肉穴猛縮，憋了許久的尿液終於淅淅瀝瀝從腿間洩了出來。

斷斷續續，像是被安格斯給操壞了，一小股一小股地往下流。

安格斯咽了咽喉嚨，盯著她腿間流出的水液，興奮地咬住了她的嘴唇，舌頭勾著她的，模仿著性交的動作在她嘴裡進進出出。

門外一曲停歇，又接連不停地奏響下一曲。

濃白的精液從穴口擠出，安格斯挺著腰在奧德莉體內緩緩抽送，延長著她的快感。

「主人，能不能再做一次⋯⋯」

——番外七〈吃醋〉完

番外八　重生

深冬時分的早晨五點鐘，天空不見一絲光亮，浩蕩輝煌的海瑟城熟眠未醒，這座寬廣無邊的海上島城仍陷在驅散不去的黑夜之中。

斐斯利莊園，一間不起眼的褊狹房間裡，牆角的落地鐘長針擺動，緩慢勻速地動到至高點，發出一聲細微聲響。

輕不可聞的一聲，將安格斯從睡夢中喚醒。

窗外，雪花紛紛揚揚從天際墜落，在窗臺上積了厚沉一層。

海瑟城正值最嚴寒的季節，房間裡卻不見取暖的火光，靠牆的壁爐空空蕩蕩，連一根乾柴也不見。

寒氣透窗而入，整間屋子凍如冰窖，安格斯卻猶然未覺。

他只睡了五個小時，此刻臉色冷淡，卻不見絲毫疲倦。

安格斯從床上坐起來，有條不紊地穿好衣服，進到另一間房裡洗漱。

架著銅盆的半人高鐵架前，有一面鑲在牆中的鏡子，安格斯低著頭用冷水洗過臉，也不照鏡整理儀容，徑直離開了房間。

彷彿被人操控的木偶，做任何事都沒有絲毫多餘的動作。

他拿起一條黑色的布帶，將自己失明的右眼纏起，隨後又戴上一副黑色手套。

他遮擋住自己全身的傷疤，穿戴整齊地走出房門，開始了一天的工作。

天色未亮，莊園裡各處卻燈火通明。照明的蠟燭長燃了一夜，沿途兩名早起侍女見到安格斯，皆退至一邊，驚惶地彎腰行禮，顫聲道：「萊恩管家……」

她們面色戚戚，彷彿他是什麼一言不發便要殺人的劊子手。

安格斯置若罔聞，他隨手點了幾名值崗的侍從，領著他們往樓上走去。

他晨起的第一件事，是要處理屍體。

斐斯利莊園的女人數不勝數，但活著的總不及死去的多。

斐斯利的家主——年邁的納爾遜驕奢淫逸，殘暴不仁，尤其喜歡在床上折磨年輕貌美的女人。

這些女人大多是其他家族為討好他而送給他的禮物，多是低劣卑賤的奴隸，死了也無人在意。

安格斯敲響納爾遜的房門後等了片刻，屋裡並無聲響傳出。他推開門進去，納爾遜正在床上熟睡，瘦癟的老頭鼾聲震耳，床下蜷著一位被鞭子抽得皮開肉綻的女人。

或者說，一具屍體。

女人的身體還熱著，卻已沒了生氣，她下體塞著一根粗壯的黑玉假陽具，體內流出的鮮血乾涸在大腿內側，蜿蜒如細河。

幾名侍從皺著眉移開視線，臉上露出了可憐或惋惜的神色。

唯獨安格斯一臉平靜，他沒看納爾遜，也沒看女人，堪稱麻木地指揮侍從將屍體搬出去，隨後又叫來一名手腳麻利的女僕擦淨地面。

在天亮之前，僕從們將那可憐的女人埋在莊園的後花園裡。

處理完屍體，安格斯還有更多要做的事，因為數月後便是納爾遜的婚禮。

迎娶的是卡佩家族的小姐——安德莉亞，一個足以當他孫女的年輕女人。

這場婚禮一經定下，納爾遜便授命安格斯開始籌備。

喜慶繁複的紗幔高掛房頂，新釀的美酒封入酒窖，一切才剛剛開始，接下來的數月有得安格斯忙了。

早上，納爾遜並未起來用早餐，但他在外鬼混一夜的兒子——休斯，卻跌跌撞撞地翻下馬車，踏過院裡積雪，滿身酒氣地晃到了餐桌前坐下。

一路的女僕忙彎腰行禮，身體發顫，尤為恐懼，低著頭恭敬道：「少爺。」

唯獨安格斯沒太大的反應，他看著休斯入座，垂首叫了一聲「休斯少爺」，便繼續忙起來。

他從侍女手中接過餐具擺在桌上，先是主位，而後是休斯坐下的位置。

湊近了，安格斯能聞到休斯身上濃膩的脂粉和烈酒的味道，像是抱著女人在酒池裡泡了一夜。

休斯抬起眼皮看了眼主位桌前擺好的的銀質餐具，又看了眼正將刀叉放在他面前盤子裡的安格斯，朝安格斯勾了勾手。

如同在喚一條狗。

見安格斯乖乖彎下腰，休斯抬起手，皮笑肉不笑地在他臉上拍了拍。

隨後突然間，如同惡鬼附身，休斯面露猙獰，猛地踹飛眼前的餐具，臂膀用力，一巴掌搧在了安格斯臉上。

銀器瓷具摔在地面，發出一連串聲響。

一名端著餐盤的女僕身體一抖，盛著濃湯的瓷碗摔碎在地上，緊隨著「咚」的幾聲，屋內的十多名僕人接連跪伏了下去，唯唯諾諾地垂著頭，不敢出聲。

這是莊園裡的常態，只要斐斯利父子喝醉了酒，總會有人要遭殃，有時是可憐的侍女男僕，有時是萊恩管家。

她們閉著眼，既心生恐懼，又覺慶幸。

恐懼於休斯酒後的無名暴怒，慶幸於這次倒楣的不是她們。

血絲蛛紋般爬上休斯的眼珠，他惡狠狠地瞪著安格斯，咬牙切齒地道：「這所莊園裡只有他媽一個、一個主人、呃——」他打了個酒嗝，繼續道，「那老畜生活不了幾天，該對誰忠心，你自己考慮清楚……」

他醉得頭腦不清，說話口齒不清，實在令人發笑。然而在場卻沒人敢笑出聲，餐廳裡安靜得能聽見外面的微風拂過窗櫺時的聲響。

紅腫的指印緩緩浮上安格斯蒼白的面頰，他彎著腰，低著頭，如所有卑賤的奴僕一樣，忍受著休斯的折辱。

在聽過休斯的辱罵後，他甚至低聲應「是」，彷彿是這世間最忠心的僕人。

這馴順的態度無疑取悅了休斯，他沒再動手，只罵罵咧咧道：「不長眼的蠢東西……雞巴都舉不起來了還要結婚生個小的，他媽的老不死的……」

骯髒粗俗的字眼鑽入耳朵，安格斯垂眼看著腳下，將這番辱罵聽得清清楚楚，然而他的表情卻是一派冷淡，既不見恐懼與憤怒，也不見順從，似乎被人肆意打罵於他而言並無所謂。

燭光照不亮他的眼睛，他站在那裡，就像一塊沒有感情的石頭。

除了時不時要承受斐斯利父子的暴怒，安格斯別的工作也不輕鬆，大多瑣碎而繁雜，常常要忙至深夜才能歇息。

大雪已紛飛三日，窗外朦朧月光印著白茫茫的雪色，天地彷彿已經逝去，褪去白日的喧鬧和人氣，變得幽靜而安寧。

安格斯提著一盞已經燈火微弱的燭燈，獨自走在一條寂靜的長廊上。

他肩背筆挺，每一步踩得踏實沉穩，燈火將他的身影投落在牆上，影子穿過牆面一盞盞燈燭，顯得格外孤獨而單薄。

這讓他想起很多年前，他一個人穿過光線微弱的廊道，不知生死地走向角鬥場入場口。

安格斯憶及此，腳下微不可察地頓了一步，他在那短暫的一瞬間想起了一個人。

只一瞬，很快，他就像什麼也沒發生過一樣繼續往前走。

用凍得快要結冰的冷水洗漱完，安格斯脫衣上了床。

此時已是深夜，緊閉的房間裡，幾乎聽不見一點聲音。

他沒有直接睡去，而是打開了床頭的木盒，從中拿出了一個用柔軟絲帕包裹住的東西。

顯然，裡面是他極為珍惜的物品。

安格斯耐心而小心地掀開絲帕四角，裡面躺著一枚戒指，尺寸秀氣，是一枚女人的戒指。

戒指上鑲嵌了一顆半橙半藍的雙色寶石，安格斯低頭凝望著那枚戒指，彷彿在透過這枚戒指看她的主人。

良久，他閉上眼，弓起脊背，輕輕吻上了它。

這是一個安靜得沒有一點聲音的吻，冰冷的唇瓣輕貼著戒環，他吻得格外小心而專注，如同在吻心愛之人。

這個姿勢持續了很久，他一動不動，久到窗外的月色都躲入了雲層。

良久，他終於睜開了眼，彷彿什麼也沒有發生過，他將戒指包回布帕，放回了木盒裡。

隨後他單手撐著床面，慢慢躺了下來。

但這時候，他的動作卻突然變得異常的僵硬而緩慢，骨節彷彿變得鏽跡斑斑。

這種感覺，就像是在他親吻戒指的短暫時間裡，突然從心裡感受到了某種無法言喻的痛苦。

這種痛苦瞬間擊垮了他，心靈不足以承受，於是連肉體也變得腐朽，將他從一位沉默少言的年輕人變成了一位孤獨悲痛的男人。

然而安格斯的臉上沒有悲傷，眼裡也沒有淚水，有的只是平靜和麻木。

終於，他躺了下來。

偌大的莊園終於再次恢復安靜，在一片死寂中，安格斯緩緩閉上了眼。

他躺在那裡，如同一具早已死去的屍體。

時間一日接一日流逝，籌備了數月的婚禮終於來臨，或許是被今日隆重喜慶的氛圍所感染。

早上洗漱完，在走出房門前，安格斯極其罕見地照了照鏡子。

在今天之前，這面鏡子和那壁爐一樣，是這房間裡最沒用的東西。

今天，它的主人終於想起來像一個普通人一樣使用它。

安格斯抬眸看著鏡子裡的自己。

鏡子的黑髮青年面無表情，臉色蒼白得如同陰天的雪，除了眉眼，唯一有點顏色的嘴唇也十分粉淡，金色的瞳孔更是不見一絲亮光。

他只是站著，整個人都透著股陰森的死氣，彷彿一尊沒有情緒的人偶。

安格斯只看了一眼，就挪開了視線。

他老了很多。

失去了一隻眼睛，身上多了數不清的醜陋傷疤，更沒有年輕時的朝氣。

安格斯不知道自己該是何種思緒，他垂下眼眸，望著面前的虛空，彷彿在思索什麼。

過了片刻，他又抬起了頭，對著鏡子，細緻而挑剔地打量著自己的面容。

怪物的壽命都很漫長，三十二歲的年紀，他的臉上尚且看不見歲月侵蝕的痕跡，可總是大不如從前。

面部輪廓瘦削了不少，看起來分外冷厲，眼睛也不如從前明淨，更何況脖頸上還有這樣一道長疤。

安格斯覺得自己整個人陰鬱得如同一個怪物。

他看了又看，忍不住想，不知道他的小姐回來，還認不認得他。

他的小姐慧眼如炬，定然一眼便能看出他的變化。

她會喜歡他如今的模樣嗎？還是會覺得他老了，不如以前了？

安格斯抬手撫上鏡子裡自己的眼睛，她最喜歡的異瞳也沒了一隻，變得再普通不過。

他突然慌亂起來，止不住地胡思亂想。

想起他們的初見；想起她身上縈繞的香氣、她蔚藍的雙眸和她柔順的銀髮；想起她悠哉飲茶時舒展的眉心；想起她處理公務時不耐煩的神情甚至斥罵下屬的怒容。

彷彿將死之人在最後的時間回憶起這一生中最重要的事，安格斯腦海裡不斷地浮現出奧德莉的面容。

最後的最後，出現在他腦海裡的，是奧德莉躺在棺材裡的模樣。

安格斯呼吸一滯，突然奇蹟般地冷靜了下來。

奧德莉躺在棺材裡的畫面在他腦海裡揮之不去，如同一場無法逃離的夢魘纏繞著他的一切思緒。

金色的瞳孔變得豎長筆直，泛出一抹駭人的猩紅色的光。

安格斯還清醒著，但他知道自己快瘋了。

他拿起黑色布帶，緩慢地纏繞在自己的右眼上，而後推開門，走了出去。

婚禮開始了。

——番外八〈重生〉完

——《家犬》全系列完

BH018

家犬 下

作　　者　長青長白
封面設計　MOBY
封面繪者　劣雲思別岫
責任編輯　林書宜

發　　行　深空出版
出 版 者　星巡文化有限公司
地　　址　臺北市中正區重慶南路一段 57號 7樓之 5
法律顧問　泓準法律事務所 孫瀅晴律師
電　　話　(02)7709-6893
傳　　真　(02)7736-2136
電子信箱　service@starwatcher.com.tw
官網網址　www.starwatcher.com.tw
初版日期　2024年 8月

總 經 銷　聯合發行股份有限公司
地　　址　新北市新店區寶橋路 235巷 6弄 6號 2樓
電　　話　(02)2917-8022

國家圖書館出版品預行編目 (CIP) 資料

家犬 / 長青長白著 . -- 初版 . -- 臺北市 :
星巡文化有限公司出版 : 深空出版發行 , 2024.08
冊 ;　公分
ISBN 978-626-74123-0-5(第 2 冊 : 平裝). --
857.7　　113006787